W0030762

XINRAN

Funérailles célestes

Traduit de l'anglais par
Maïa Bhârathî

Postface de
Claude B. Levenson

Éditions
Philippe Picquier

DU MÊME AUTEUR
AUX ÉDITIONS PHILIPPE PICQUIER

Chinoises

Baguettes chinoises

Mémoire de Chine

Messages de mères inconnues

Titre original : *Sky Burial*

Mas de Vert
B.P. 150
13631 Arles cedex

www.editions-picquier.fr

En couverture : © Steve McCurry / Magnum Photos

Conception graphique : Picquier & Protière

Mise en page : Ad litteram, M.-C. Raguin – Pourrières (Var)

ISBN : 978-2-8097-0307-8
ISSN : 1251-6007

A Toby

qui sait comment partager
amour et expérience
espace et silence

Remerciements

Funérailles célestes est le fruit d'années passées à essayer de comprendre et ressentir l'amour de Shu Wen, la spiritualité des Tibétains et ce que sont la culture, le temps, la vie et la mort pour des peuples différents.

Je ne saurais jamais assez remercier les gens suivants :

Esther Tyldesley et *Julia Lovell*, grâce à qui le texte existe sous sa forme anglaise.

Mon éditeur chez Chatto, qui a aidé le livre à trouver ses lecteurs.

M. Hao-Chung Liu, qui a passé des mois à m'aider dans mes recherches et a vérifié les données chinoises.

Toby Eady, mon mari, pour son esprit professionnel et son cœur d'amant.

Random House, les libraires, et *vous*.

Je ne saurais assez *vous* remercier, *vous* qui prenez le temps de lire mes livres avec l'intérêt et l'amour que vous portez à la Chine et aux Chinoises. J'ai reçu du monde entier beaucoup de courrier pour *Chinoises,* si plein de chaleur et de souvenirs personnels que j'ai maintenant un livre qui s'appelle *Femmes du monde*.

Personne n'aime pleurer, mais les larmes lavent nos âmes. Aussi, peut-être mes remerciements vous permettront-ils de pleurer pour les Chinoises de mes livres…

Quand j'avais cinq ans, j'ai surpris dans une rue de Pékin un bout de conversation qui s'est fiché dans ma mémoire et ne m'a pas quittée depuis.

« Les Tibétains ont découpé son corps en morceaux et les ont offerts aux vautours.

— Quoi ? Pour avoir tué un vautour ? Un de nos soldats a payé de sa vie la mort d'un vautour ? »

C'était en 1963. On parlait peu du Tibet en Chine et peu nombreux étaient ceux qui connaissaient ce pays. Bien sûr, nous lisions les articles des journaux sur la glorieuse « libération » du Tibet, mais, à part ça, les informations étaient rares. Enfant, j'ai tourné et retourné dans mon esprit ce bout de conversation, essayant d'en comprendre le sens, puis cela a fini par s'effacer de ma mémoire.

En 1994 je travaillais comme journaliste à Nankin. J'animais la nuit une émission de radio où l'on abordait différents aspects de la vie des Chinoises. Un de mes auditeurs m'a appelée de Suzhou pour me dire qu'il avait rencontré une femme étrange dans la rue. Ils avaient acheté de la soupe de riz à une échoppe et s'étaient mis à converser. La femme venait de rentrer du Tibet. Il pensait que ce pourrait être intéressant de l'interviewer. Elle s'appelait Shu Wen. Il m'a donné le nom du petit hôtel où elle résidait.

Ma curiosité éveillée, j'ai fait le voyage en car, qui dure quatre heures, de Nankin à Suzhou, une ville très animée qui, en dépit du plan de modernisation, a conservé sa beauté – ses canaux, ses jolies maisons avec leurs cours, leurs « portes de lune » et leurs corniches ornées, ses jardins d'eau et ses traditions ancestrales de la soie. Là, dans une maison de thé attenante au petit hôtel, j'ai trouvé une vieille femme vêtue à la tibétaine, dégageant une forte odeur de cuir, de lait rance et de bouse animale. Ses cheveux gris pendaient en deux nattes négligées et sa peau était ridée et tannée. Pourtant, malgré son apparence tibétaine, son visage était celui d'une Chinoise, avec un petit nez légèrement camus et une « bouche en abricot ». Mais son accent m'a convaincue qu'elle était bien chinoise. Pourquoi alors ces vêtements tibétains ?

Pendant deux jours, je l'ai écoutée narrer son histoire. Quand je suis rentrée à Nankin, la tête me tournait. J'ai compris que j'avais trouvé la clef qui allait me livrer le sens de cette conversation obsédante que j'avais surprise des années plus tôt, enfant, à Pékin. J'ai compris aussi que je venais de rencontrer une des femmes les plus exceptionnelles qu'il me serait donné de connaître dans ma vie.

1

Shu Wen

Je ne saurais dire à quel point je regrette toutes les questions stupides, ignares que j'ai posées à Shu Wen dans cette maison de thé de Suzhou. Il y avait tant de choses que j'ignorais alors.

Ses yeux impénétrables regardaient, au-delà de moi, le monde par la fenêtre – la rue encombrée, la circulation bruyante, les alignements de bâtiments modernes. Que voyait-elle là qui retenait son intérêt ? J'ai essayé d'attirer son attention.

« Combien de temps êtes-vous restée au Tibet ?

— Plus de trente ans, a-t-elle répondu d'une voix douce.

— Trente ans ? »

Ma stupéfaction a été si forte que les autres clients de la maison de thé ont cessé leurs conversations et se sont tournés vers nous.

« Mais pourquoi êtes-vous allée au Tibet ? Pour quelle raison ?

— Par amour, a-t-elle répliqué simplement, regardant de nouveau au-delà de moi le ciel vide.

— Par amour ?

— Mon mari était médecin dans l'Armée populaire de libération. Son unité a été envoyée au Tibet. Deux mois plus tard, j'ai reçu une lettre m'informant qu'il était mort au combat. Nous n'avions été mariés qu'à peine trois mois.

— Je suis désolée, ai-je dit, émue à la pensée d'une jeune femme veuve si tôt.

— J'ai refusé d'accepter sa mort, a-t-elle repris. Personne au quartier général de l'armée n'a été capable de me dire dans quelles circonstances il était mort. Il ne me restait plus qu'à partir moi-même au Tibet à sa recherche. »

Je l'ai regardée fixement sans la croire. Je n'arrivais pas à imaginer comment une jeune femme avait pu rêver à cette époque de se rendre dans un endroit aussi éloigné et terrifiant que le Tibet. J'y étais moi-même allée en 1984 pour une courte mission de journaliste sur la frontière orientale. J'avais été terrassée par l'altitude, le paysage désolé, imposant et les conditions de vie difficiles. Pour une jeune Chinoise, dans les années cinquante, cela avait dû être une expérience très pénible.

« J'étais jeune et amoureuse. Je n'ai pas réfléchi à ce que j'aurais à affronter. Je voulais seulement retrouver mon mari. »

Confuse, j'ai baissé la tête. Que savais-je de la force d'un tel amour ? J'avais entendu de nombreuses histoires d'amour pendant mon programme à la radio, mais aucune qui ressemblât à celle-ci. Mes auditrices appartenaient à une société où il était d'usage de réprimer ses émotions et de dissimuler ses pensées. Je n'avais pas imaginé que des jeunes de la génération de ma mère pouvaient s'aimer avec tant de passion. Les gens ne parlaient pas beaucoup à cette époque-là, et encore moins du conflit sanglant qui opposait les Tibétains et les Chinois. J'étais impatiente d'entendre l'histoire de cette femme qui avait connu l'époque où la Chine se remettait de la guerre civile dévastatrice de la décennie précédente entre nationalistes et communistes, et où Mao reconstruisait la mère patrie.

« Comment aviez-vous rencontré votre mari ? ai-je demandé, en espérant que, en remontant au début de son histoire, je pourrais encourager cette femme mystérieuse à se confier à moi.

— Dans votre Nankin, a-t-elle répliqué, son regard s'adoucissant un peu. Je suis née là-bas. Kejun et moi étions étudiants en médecine. »

Ce matin-là, Shu Wen m'a parlé de sa jeunesse. Elle s'exprimait comme quelqu'un qui n'est pas habitué à la conversation, en s'interrompant souvent, le regard lointain. Mais même après tout ce temps, ses paroles trahissaient encore l'amour brûlant qu'elle éprouvait pour son mari.

« J'avais quinze ans quand les communistes ont pris le contrôle de tout le pays en 1949. Je me souviens d'avoir été emportée par la vague d'optimisme qui déferlait sur la Chine. Mon père était employé dans une société occidentale. Il n'avait pas fait d'études, il était autodidacte. Il a voulu que ma sœur et moi soyons instruites. C'était une grande chance pour nous. La majeure partie de la population à cette époque était composée de paysans analphabètes. On m'a envoyée dans une école religieuse puis au lycée de Jing-ling, qui avait été fondé par une Américaine en 1915. En ce temps-là, il n'y avait que cinq étudiants chinois. Quand j'y étais, il y en avait plus de cent. Au bout de deux ans, j'ai pu aller à l'université étudier la médecine. J'ai choisi de me former en dermatologie.

« Quand nous nous sommes rencontrés, Kejun avait vingt-cinq ans et moi vingt-deux. La première fois que je l'ai vu, il travaillait comme assistant de laboratoire d'un professeur dans un cours de dissection. Je n'avais jamais vu découper d'homme avant. Je me cachais derrière mes camarades comme un animal effrayé, trop nerveuse pour jeter un œil au cadavre blanc qui avait été conservé dans du formol. Kejun m'a regardée et a souri plusieurs fois. Il avait l'air de me comprendre et de compatir à mon sort. Plus tard, ce jour-là, il est venu me voir et m'a prêté un livre avec des planches anatomiques en couleurs. Il m'a dit que je surmonterais ma peur en les étudiant. Il avait raison. Après m'être plongée plusieurs fois dans ce livre, j'ai trouvé le cours de dissection bien plus facile à supporter. A partir de ce moment-là, Kejun a répondu patiemment à toutes mes questions. Il est vite devenu plus qu'un grand frère ou un professeur. Je me suis mise à l'aimer de tout mon cœur. »

Les yeux de Shu Wen étaient si calmes – fixés sur quelque chose que je ne voyais pas.

« Tout le monde admirait Kejun, a-t-elle repris. Il avait perdu toute sa famille pendant la guerre sino-japonaise, et le gouvernement avait financé ses études de médecine. Comme il avait la ferme intention de rembourser sa dette, il travaillait dur et c'était un étudiant exceptionnel. Mais il était doux et gentil avec tout le monde, et surtout avec moi. J'étais si heureuse... Puis le professeur de Kejun est revenu d'une visite aux champs de bataille de la guerre de Corée et a raconté à Kejun que les braves soldats blessés et mutilés de ces terribles combats devaient se passer de médecins et de médicaments, et que neuf fois sur dix ils mouraient. Le professeur a dit qu'il aurait aimé rester là-bas pour les aider s'il n'avait été de son devoir de transmettre ses connaissances médicales à la génération suivante, pour que de plus nombreux hôpitaux aient de bons chirurgiens. En temps de guerre, la médecine était la seule voie à suivre ; quels que soient les torts des uns et des autres, porter assistance aux mourants et soigner les blessés relevaient de l'héroïsme.

« Kejun a été profondément impressionné par ce que lui a raconté son professeur. Il m'en a parlé. L'armée avait un besoin urgent de chirurgiens. Il pensait qu'il devait s'engager. Je craignais pour sa vie, mais je n'ai pas voulu le retenir. Nous traversions tous des épreuves à l'époque, mais nous savions que c'était pour le bien du pays. Tout changeait en Chine. Beaucoup de gens faisaient leurs valises et partaient pour des zones rurales défavorisées, mettre en place la réforme agraire ; ou pour les zones frontalières, afin de cultiver les étendues désertiques. Ils allaient dans le nord-ouest et le nord-est en quête de pétrole, ou dans les montagnes et les forêts abattre des arbres pour construire des voies ferrées. Pour nous, quitter ceux que nous aimions était une occasion de faire preuve de loyauté envers la mère patrie. »

Shu Wen ne m'a pas dit où avait été envoyé Kejun la première fois. Peut-être ne le savait-elle pas. Ce qu'elle a dit, c'est qu'il était resté absent deux ans.

Je lui ai demandé s'ils s'écrivaient. J'avais reçu de nombreuses lettres de gens solitaires qui écoutaient mon émission de radio. Ecrire des lettres est une merveilleuse façon de surmonter la solitude.

Shu Wen m'a jeté un regard dur et j'ai eu honte de mon ignorance.

« Quel genre de système postal imaginez-vous qu'il y avait ? La guerre avait créé un gigantesque chaos. Dans toute la Chine, des femmes attendaient des nouvelles de leurs maris, de leurs frères ou de leurs fils. Je n'étais pas la seule. Je n'avais qu'à souffrir en silence.

« Je n'ai pas eu de nouvelles de Kejun pendant deux ans. La séparation n'avait rien de romantique, comme je l'avais imaginé – c'était affreux. Le temps ne passait pas. J'ai cru devenir folle. Puis Kejun est rentré, décoré. Son unité l'avait renvoyé pour suivre des cours intensifs de langue et de médecine tibétaines.

« Pendant les deux années qui ont suivi, notre amour s'est affermi. Nous parlions de tout, nous encourageant et nous conseillant mutuellement. La vie en Chine semblait s'améliorer de jour en jour. Tout le monde avait du travail. On ne travaillait pas pour des patrons capitalistes, mais pour le gouvernement et la mère patrie. Il y avait des écoles et des hôpitaux gratuits. On nous disait que, grâce à la politique du président Mao, l'économie de la Chine allait rattraper celles de l'Angleterre et de l'Amérique en seulement vingt ans. Nous avions aussi la liberté de choisir notre conjoint, plutôt que d'obéir à nos parents. J'ai raconté à Kejun comment notre amie Mei avait, à la surprise générale, épousé Li, un simple garçon de la campagne, et comment Min Hua, qui semblait si inoffensive, s'était enfuie avec Da Lu, président de l'assemblée des étudiants. Mais je ne lui ai pas dit que, pendant son absence, j'avais eu d'autres soupirants et qu'on m'avait conseillé de ne pas mettre tout mon espoir en un homme qui risquait la mort sur un champ de bataille.

« Quand Kejun a fini ses études, on a décidé de se marier. Il attendait des ordres du quartier général. Je travaillais comme dermatologue dans un grand hôpital de Nankin. Aux yeux de nos amis, dont beaucoup avaient déjà des enfants, nous avions assez retardé notre mariage. Kejun avait vingt-neuf ans, j'en avais vingt-six. Nous avons donc demandé la permission du Parti. Mon père avait du mal à se faire à l'idée d'un mariage où les partenaires étaient libres de se choisir, mais il aimait beaucoup Kejun et savait que je ne me trompais pas. Quoi qu'il en soit, si je retardais encore ce mariage, il perdrait la face. Ma sœur aînée s'était déjà mariée et était partie pour Suzhou, emmenant mes parents avec elle.

« Notre mariage a été célébré dans le plus pur style révolutionnaire. Un cadre politique de haut rang a servi de témoin et des amis et collègues portant de petites fleurs de papier rouge nous ont escortés. Pour les festivités, on a eu droit à trois paquets de cigarettes Hengda et à des bonbons aux fruits. Ensuite on a emménagé dans le quartier des couples de l'hôpital. Nos seuls biens consistaient en deux petits lits en planches, deux édredons, une commode en bois de rose et notre certificat de mariage décoré d'un portrait du président Mao. Mais nous étions extrêmement heureux. Puis, seulement trois semaines plus tard, les papiers de recrutement de Kejun sont arrivés. Son unité était envoyée au Tibet.

« Nous avons à peine eu le temps de digérer la nouvelle avant son départ. L'armée a fait le nécessaire pour que je sois transférée dans un hôpital de Suzhou afin d'être plus près de mes parents et de ma sœur. Nous n'avions pas demandé de transfert, mais l'organisation du Parti a dit que ceux qui dépendaient de l'armée avaient le droit que leurs familles s'occupent d'eux. Je me suis jetée dans le travail pour ne pas penser à quel point Kejun me manquait. La nuit, quand tout le monde dormait, je sortais sa photographie et je contemplais son visage souriant. Je pensais tout le temps à ce qu'il avait dit juste avant son départ : qu'il était impatient de revenir le plus vite possible pour être un bon fils envers mes parents et un bon père pour nos enfants. J'attendais impatiemment son retour. Mais au lieu de ça, j'ai reçu une convocation au quartier général de Suzhou pour apprendre qu'il était mort. »

Quand Wen a prononcé ces mots, mon cœur s'est arrêté.

Nous sommes restées silencieuses pendant un certain temps. Je ne voulais pas interrompre le cours de ses pensées.

Cette nuit-là, Shu Wen et moi avons partagé une chambre dans le petit hôtel jouxtant la maison de thé. Pendant les deux jours que nous avons passés ensemble, elle s'est ouverte à moi d'une façon que j'avais à peine osé espérer. Quand je suis rentrée à mon bureau de Nankin, je me suis mise à consulter mes notes. Ce faisant, j'ai compris qu'il y avait encore beaucoup de choses que je ne savais pas sur cette femme extraordinaire. Mon ignorance m'avait empêchée de lui poser certaines questions. Je n'avais même pas les mots pour décrire les vêtements qu'elle portait.

J'ai téléphoné à l'hôtel de Suzhou où nous avions résidé, mais elle était déjà partie. Bouleversée, j'ai appelé l'homme qui m'avait parlé d'elle.

« Je ne sais pas où elle est, a-t-il dit. L'autre jour, elle m'a fait parvenir un paquet de thé vert par le marchand de soupe de riz ; elle voulait me remercier de vous avoir présentée à elle. Elle a dit qu'elle espérait que vous raconteriez son histoire aux gens. Je ne l'ai pas revue depuis. »

J'étais fermement décidée à faire ce que Shu Wen demandait et à raconter son histoire, mais ce n'était pas facile. C'était un chapitre scellé de l'Histoire. Avant de pouvoir comprendre ce que Shu Wen m'avait relaté, j'avais besoin d'en savoir beaucoup plus sur le Tibet. Je me suis mise à lire tout ce que je pouvais trouver et à interroger des gens qui avaient vécu dans le nord-est du pays ou qui connaissaient la région. Mais ce n'est qu'en retournant au Tibet en 1995, pour un documentaire, que j'ai eu le sentiment de comprendre ce qu'y vivre avait pu signifier. Les quatre cameramen et moi avons été abasourdis par le vide des paysages, le vent invisible soufflant sur la terre inculte, le ciel haut, infini et le silence total. Mon esprit et mon âme se sentaient propres et vides. J'avais perdu toute notion de l'endroit où je me trouvais ainsi que le besoin de parler. Les simples mots qu'avait utilisés Shu Wen, « froid », « couleur », « saison », « perte », prenaient une autre dimension.

En écrivant l'histoire de Shu Wen, j'ai essayé de revivre son voyage de la Chine des années cinquante au Tibet – de voir ce qu'elle voyait, de ressentir ce qu'elle ressentait, de penser comme elle. Parfois j'étais tellement absorbée que je ne voyais plus les rues de Londres, les boutiques et les stations de métro, ou mon mari debout près de moi, une tasse de thé vert à la main. Je regrettais profondément d'avoir laissé partir Wen sans qu'elle me dise où la retrouver.

Sa disparition continue à me hanter. J'espère sincèrement que ce livre puisse arriver jusqu'à elle pour qu'elle sache que, partout dans le monde, on peut lire l'histoire de sa vie et de son amour.

2

Je ne peux le laisser seul au Tibet

AVIS DE DÉCÈS

Cet avis certifie que le camarade Wang Kejun est mort dans un incident survenu à l'est du Tibet le 24 mars 1958, à l'âge de 29 ans.

Bureau militaire de Suzhou
Province de Jiangsu, 2 juin 1958.

Wen est restée abasourdie sur les marches de l'escalier menant au quartier général de l'armée, les cheveux et le visage trempés par la pluie d'été de la mousson du delta du Yangtse.

Kejun, mort ? Son mari de moins de trois mois, mort ? La douceur de ces premiers jours après leur mariage persistait en son cœur. Elle en sentait encore la chaleur. Sur ces trois mois, ils n'avaient passé que trois semaines ensemble. Il était impossible qu'il soit mort.

Il était si fort, si bavard, si plein de vie quand il était parti pour le Tibet. Un médecin militaire n'aurait pas pris part aux affrontements en personne. Qu'était cet « incident » ? Dans quelles circonstances était-il mort ? Pourquoi ne lui donnait-on pas plus de précisions ? Ils n'avaient même pas ajouté quelques mots pour dire qu'il était mort en martyr de la révolution, comme ils le faisaient toujours pour les soldats tombés au combat. Pourquoi ?

Dans le flot des enthousiastes *Rapports de victoire de l'Armée populaire de libération à son entrée au Tibet*, elle n'avait remarqué aucune mention d'un incident au cours duquel Kejun aurait pu mourir. Le personnel du bureau militaire responsable du soutien aux veuves et aux orphelins des soldats tombés au combat avait dit à Wen qu'ils n'avaient reçu aucun bulletin des champs de bataille du Tibet.

Dans cette rue de Suzhou, Wen ne prêtait pas attention à la pluie. La vie animée de la ville continuait autour d'elle, mais elle ne remarquait rien. Une heure s'est écoulée, puis une autre. Elle était submergée de chagrin et de doutes.

Les cloches du temple de la Montagne Froide l'ont rappelée à la réalité. Sur le chemin du retour à l'hôpital où elle travaillait, vraiment seule pour la première fois, une pensée l'a traversée. Et si Kejun avait seulement été séparé de son unité, comme tous ces soldats que l'on avait cru morts alors qu'en réalité ils étaient sur le chemin du retour ? Peut-être était-il en danger, ou malade ? Elle ne pouvait pas le laisser seul au Tibet.

L'idée, conçue sous cette pluie glaciale, qu'il lui fallait aller au Tibet et retrouver Kejun s'est révélée si puissante qu'en dépit de toutes les tentatives de sa famille, de ses amis et collègues pour l'en dissuader, Wen a décidé de rejoindre le régiment de son mari. Elle a couru dans tous les bureaux gouvernementaux qu'elle a pu trouver, présentant en larmes son certificat de mariage, la notification de décès et même les quelques rares effets personnels de son mari – sa serviette de toilette, son mouchoir et sa tasse à thé – à tous ceux qu'elle a réussi à rencontrer. « Mon mari doit être vivant », insistait-elle. Il ne pouvait abandonner sa nouvelle épouse et la future mère de ses enfants.

Au début, les responsables militaires auxquels elle s'est adressée ont essayé de la dissuader de rejoindre l'armée, mais quand ils ont compris qu'elle était médecin, ils ont cessé de protester. L'armée avait désespérément besoin de médecins car de nombreux soldats au Tibet souffraient de l'altitude. Ses diplômes de dermatologue la rendaient encore plus précieuse : nombreux étaient les cas de brûlures graves dues au soleil de haute montagne. Il a été décidé que Wen partirait pour le Tibet sans attendre. Le besoin urgent de médecins et sa décision de se mettre en quête de Kejun le plus vite possible ont rendu inutile la longue préparation qu'avait suivie son mari.

Wen a quitté Suzhou. Sa grande sœur et ses parents vieillissants l'ont accompagnée à la gare routière près du fleuve. Personne n'a prononcé un seul mot. Personne ne savait quoi dire. Sa sœur lui a fourré dans la main un sac à bandoulière en soie de Suzhou, sans lui dire ce qu'il y avait dedans ; son père a glissé sans rien dire un livre dans son nouveau sac à dos militaire ; sa mère a enfoui un mouchoir trempé de larmes dans la poche à fermeture Eclair de sa vareuse. Les larmes aux yeux, Wen a tendu à sa mère son certificat de mariage. Seule une mère pouvait garder quelque chose d'aussi important. Elle a donné à son père la tasse à thé et la serviette de toilette de Kejun, sachant à quel point il aimait son gendre. Puis elle a remis à sa sœur, qui était au courant de tous ses secrets, un paquet contenant la correspondance, les papiers d'identité de Kejun et leurs lettres d'amour.

Aux nuages noirs et sinistres se mêlait la fumée des cheminées des maisons aux murs blancs et tuiles grises, enveloppant la famille de Wen. Par la vitre branlante, Wen a vu les siens rétrécir de plus en plus et finir par disparaître. Elle a jeté à Suzhou un dernier regard : les maisons avec leurs petits ponts sur l'eau, les temples sur les collines surplombant le fleuve, les verts luxuriants du delta du Yangtse ; partout des drapeaux rouges flottaient dans la brise.

Quand Wen a ouvert le sac de soie à bandoulière donné par sa sœur, elle y a trouvé cinq œufs durs encore chauds, deux morceaux de gâteau au sésame, un sachet de graines de courge, un sac de tranches de navet aigre-doux, un thermos de thé et une petite lettre dont les mots étaient maculés de larmes.

Ma chère petite sœur,

Mon cœur est plus lourd que les mots ne sauraient l'exprimer.

Nos parents ne sont plus assez jeunes pour supporter plus de chagrin, alors reviens-nous vite. Même si tu n'as plus Kejun, tu nous as nous, et nous ne pouvons vivre sans toi.

Reste en vie, prends soin de toi.

Je t'attends.

Ta sœur.

Le livre que son père avait glissé dans son sac était les *Essais complets* de Liang Shiqiu. Ces essais, qui transformaient les petits événements de la vie de tous les jours en perles de sagesse, étaient la lecture préférée de son père. Il avait écrit sur la page de titre :

Petite Wen,

Tout comme on lit les livres mot à mot, les chemins sont parcourus pas à pas.

Quand tu auras fini de lire ce livre, toi et Kejun reprendrez le chemin de la maison.

Ta mère et ton père
qui attendent votre retour.

Wen a plié le mot de sa sœur en forme de grue et l'a placé avec une petite photographie de Kejun comme marque-page dans le livre, puis elle a enveloppé le tout dans le mouchoir de sa mère. On lui avait dit que les biens personnels étaient interdits pendant les expéditions militaires, et ces menus objets formaient ses seuls souvenirs.

Le bus a pris en cahotant la route du nord qui longe le Grand Canal reliant Hangzhou à Pékin, secouant les passagers dont l'excitation à la perspective du voyage, événement rare dans leurs vies, avait vite fait place à la fatigue. Alors qu'elle contemplait les eaux calmes du canal, Wen s'est soudain souvenue de quelque chose que son père lui avait dit autrefois : que le canal vieux de deux mille quatre cents ans reliait le Yangtse, le fleuve Jaune et de nombreuses autres rivières chinoises, et que toutes les grandes rivières de Chine coulaient d'ouest en est et prenaient leur source au Tibet. Cela a été son premier lien avec Kejun, ce canal froid et profond, dont les eaux descendant des glaciers et des montagnes couronnées de neige avaient englouti son mari. Elle s'est souvenue du bonheur intense des premiers jours de son mariage. Tôt le matin, elle éveillait de ses rêves son mari avec une tasse de thé vert posée près de l'oreiller. Le soir, elle s'endormait sous ses caresses. Etre séparés ne serait-ce qu'un instant leur était une douleur. Au travail, Wen portait toujours dans la poche de sa blouse d'hôpital un mot que Kejun lui avait écrit le jour même :

Il pleut aujourd'hui. Je t'en prie, prends un parapluie et mon amour. Ainsi je ne me ferai pas de souci, où que tu sois, aucune pluie ne trempera ton corps...

Hier tu as toussé deux fois, ainsi aujourd'hui tu dois boire deux tasses d'eau, et ce soir, je te ferai un bouillon médicinal pour tes poumons. Ta santé est le foyer de notre maison...

Wen, ne t'inquiète pas, la famille dont nous avons parlé hier viendra, je serai un bon mari pour toi, et un bon fils pour tes parents...

Hé, petite fille, mange quelques bouchées de plus, tu mincis ! Je ne peux supporter l'idée de te voir disparaître !

Les larmes coulaient sur le visage de Wen. La femme assise à côté d'elle a sorti un mouchoir de la poche de son corsage et l'a glissé dans la main de Wen.

Avec des arrêts, pendant six jours et six nuits, le car s'est frayé un chemin vers le nord-ouest au sein d'un flot constant de véhicules, d'animaux et d'hommes, avant d'atteindre Zhengzhou, une ville au bord du fleuve Jaune, le plus grand carrefour ferroviaire. Wen avait reçu l'ordre de se présenter à la base militaire, puis de continuer son voyage en train jusqu'à Chengdu, avant d'entrer au Tibet par la grande route reliant le Sichuan au Tibet. Elle avait entendu dire que l'unité de Kejun avait elle aussi pénétré au Tibet par cet itinéraire compliqué.

A la gare routière, un soldat de la base militaire attendait Wen. Il l'a accueillie chaleureusement et emmenée dans ses quartiers. Tout avait été minutieusement préparé : même si les lits du dortoir, prévus pour six personnes, n'étaient que des planches de bois posées sur des rondins, les édredons, matelas et oreillers semblaient immaculés. Comparé à la rue devant la fenêtre, avec son tourbillon de poussière et ses monceaux d'ordures, cela semblait le paradis. Le soldat envoyé à la rencontre de Wen lui a dit qu'ils voyaient rarement de femmes-soldats – la plupart des femmes qui résidaient à la base étaient venues à la recherche de leurs hommes. Son commentaire lui a fait penser qu'elle était maintenant membre de l'Armée populaire de libération, et non plus simple civile.

Derrière un rideau de paille tressée, Wen a pu faire une toilette revigorante à l'eau froide. Puis elle a endossé l'habit militaire qui l'attendait. En nouant ses cheveux face à un minuscule éclat de miroir fiché dans le rideau, Wen s'est étonnée de la bonne organisation apparente de l'armée. Si cette armée avait été capable de battre le chef des nationalistes, Chiang Kai-shek, elle devait pouvoir lui fournir des renseignements sur Kejun...

Le miroir était trop petit pour qu'elle voie à quoi elle ressemblait dans son nouvel uniforme. Kejun la reconnaîtrait-il ? Puis la fatigue accumulée pendant ces six jours où elle avait été secouée au cours du long trajet la submergea et, alors qu'il n'était que cinq heures du soir, elle se jeta sur le lit et s'endormit immédiatement.

Le seul réveil militaire qu'il serait donné à Wen d'entendre de toute sa vie la secoua d'un sommeil si profond qu'elle ne se souvenait même pas d'avoir rêvé. A côté d'elle, cinq autres femmes endormies étaient étendues sur le lit. Elles ne portaient pas d'uniforme. Peut-être travaillaient-elles dans l'administration, ou étaient-ce des femmes en quête de membres de leurs familles, pensa Wen. Quand elle s'assit, un corps roula dans l'espace qu'elle avait libéré. Personne d'autre n'avait été dérangé par le clairon, alors qu'il avait sonné longtemps. Ces femmes devaient être encore plus exténuées qu'elle. Une bombe ne les aurait pas réveillées.

Sentant qu'elle avait retrouvé une grande partie de son énergie, Wen descendit du lit commun pour découvrir que le nouvel uniforme qu'elle portait n'était plus qu'un amas de plis et de fronces. Si Kejun l'avait vue, il lui aurait donné une petite tape sur le nez – la punition qu'il lui infligeait quand Wen ne pouvait répondre à une de ses questions. Elle aimait cette punition. Un seul attouchement de la main de Kejun emplissait son corps de chaleur. Souvent, elle inventait de mauvaises réponses tout exprès.

« Bien dormi ? » Sur le seuil, un homme lui adressait un sourire, interrompant le cours de ses pensées. Wen a tout de suite vu, à sa stature et à son ton direct, autoritaire, que c'était un officier.

« Je... j'ai très bien dormi. Merci », a-t-elle répondu, nerveuse.

L'homme s'est présenté comme répondant au nom de Wang Liang et l'a invitée à venir prendre le petit déjeuner.

« J'entends votre ventre protester, a-t-il remarqué. Le soldat qui vous a conduite ici a dit que vous n'étiez pas ressortie de votre chambre après votre toilette. Ensuite, une camarade nous a dit que vous étiez profondément endormie, et nous ne vous avons pas réveillée pour le dîner. En temps de guerre, une bonne nuit de sommeil est chose trop précieuse. »

Wen s'est immédiatement prise de sympathie pour Wang Liang.

Elle a mangé son premier petit déjeuner à la mode du Nord : un bol de *hulatang* – une soupe glutineuse de farine de blé mélangée à des légumes grossièrement hachés, des abats de porc et beaucoup de piment ; il y avait aussi un gâteau de farine de maïs, difficile à mâcher ; et un morceau d'une conserve très salée faite de feuilles de moutarde, qu'ils appellent *geda*. Ces goûts épicés, rudes auraient normalement été une médecine amère pour une fille du Sud habituée à des aliments plus raffinés, mais l'estomac de Wen semblait s'être déjà discipliné sous l'effet de son uniforme militaire et de sa faim, et en quelques minutes elle a avalé toute la portion qu'on lui avait attribuée ; elle aurait facilement pu faire un sort à deux portions de plus. Mais quand Wang Liang lui a demandé si elle en voulait encore, elle a refusé. Ayant lu des comptes rendus sur le rationnement sévère encore en cours dans l'armée, elle savait que la portion supplémentaire qu'on lui donnerait serait volée aux autres.

Après le petit déjeuner, Wen s'est rendue avec Wang Liang à son bureau. Des photographies de Mao Zedong et Zhu De en uniformes militaires accrochées aux murs donnaient à la pièce un air de profonde solennité. La présence d'une table et de trois chaises indiquait que le propriétaire du bureau avait l'autorité suffisante pour présider à des réunions. Sur les murs de la pièce étaient peints les Trois Grandes Règles et les Huit Principes de l'Armée populaire de libération en lettres rouge vif. Wen était déjà familiarisée avec ces slogans de l'armée : « Obéissez à tous les ordres », « Ne prenez rien au peuple, fût-ce une aiguille ou un bout de fil », « Ne détruisez pas les récoltes », « Ne maltraitez pas les prisonniers »...

Assis à son bureau sous les portraits des grands chefs, Wang Liang semblait beaucoup plus sérieux et imposant. Avec une grande fermeté, il a essayé de persuader Wen de changer d'avis et de ne pas partir en quête de Kejun. Il lui a conseillé de mettre de côté ses sentiments pour son mari et de réfléchir aux difficultés et aux dangers qu'elle devrait affronter au cours de son voyage au Tibet : elle ne parlait pas la langue, elle pouvait aisément perdre son unité, les conditions climatiques rendaient les gens malades, et la situation était tout à fait imprévisible. Les pertes étaient élevées et, en tant que femme sans entraînement, ses chances de survie, même pour un mois, étaient extrêmement faibles.

Wen a regardé Wang Liang droit dans les yeux. « Quand j'ai épousé Kejun, je lui ai dédié ma vie. »

Wang Liang s'est mordu la lèvre inférieure. Il voyait bien que Wen n'allait pas abandonner.

« Vous êtes très têtue ! Il y a un train militaire qui part pour Chengdu demain. Vous pouvez le prendre. »

Il lui a tendu un livret d'informations militaires sur le Tibet et ses coutumes.

Wen l'a pris avec gratitude.

« Merci. J'étudierai cela pendant le voyage et j'essaierai de m'adapter aux conditions de vie du pays.

— La guerre ne vous laisse pas le loisir d'étudier et pas la moindre chance de vous adapter, a remarqué Wang Liang d'un ton sinistre, en se levant et se rapprochant de Wen. Elle trace des limites claires entre l'amour et la haine. Je n'ai jamais compris comment les médecins arrivaient à choisir entre leur devoir professionnel et les ordres militaires. Quoi qu'il arrive, souvenez-vous d'une chose : le seul fait de rester en vie est en soi une victoire. »

Wang Liang essayait de l'effrayer. Elle a hoché la tête pour lui montrer son respect, mais sans comprendre ce qu'il voulait dire. Elle lui a donné le sac en soie de sa sœur : à l'intérieur, elle avait écrit les noms de Kejun, de ses parents, de sa sœur et d'elle-même. Elle a dit à Wang Liang qu'elle espérait que tous ceux qui y étaient cités seraient un jour réunis à Suzhou. En retour, Wang Liang a donné à Wen un crayon et un carnet en lui disant : « Ecrire peut être une source de force. »

Wen avait passé moins d'une heure en compagnie de Wang Liang, mais elle devait se souvenir de ses paroles pour le reste de ses jours.

Le train de transport militaire s'est révélé n'être qu'un train de marchandises : chaque wagon transportait une centaine de gens, incroyablement serrés. Les vitres minuscules, de vingt centimètres sur vingt, laissaient pénétrer très peu de lumière. Wen et l'unique autre passagère, une infirmière, ont été contraintes de s'entasser avec les hommes. Avant de monter dans le train, quelqu'un lui a présenté cette femme : elle était originaire de Wenzhou et elle avait envie de bavarder, mais personne dans le compartiment, pas même Wen, ne comprenait ce qu'elle disait à cause de son fort accent du Zhejiang. Toutes les quatre heures environ, le train s'arrêtait pendant cinq minutes dans un endroit désert pour laisser les gens se vider la vessie et se dégourdir un peu les jambes. Parfois, la nuit, il faisait halte près d'une gare d'approvisionnement militaire et on leur donnait un repas, mais sinon, pendant la journée, les soldats trompaient la faim en mangeant des biscuits et des beignets à la vapeur.

Au début, certains soldats s'enthousiasmèrent pour les paysages qui défilaient par les vitres minuscules, mais le manque d'oxygène et la chaleur suffocante à l'intérieur du wagon clos leur ôtaient toute leur énergie. Leur seule source de divertissement consistait à essayer de faire dire à l'infirmière de Wenzhou ses mots incompréhensibles. Au bout de quelques heures de ce manège, elle aussi cessa de parler.

Wen n'était pas d'humeur à converser. Ses pensées étaient toutes tournées vers sa recherche de Kejun. Elle ne songea même pas à se présenter à ses camarades soldats, tant elle craignait que la question la plus simple ne déclenche en elle un flot d'émotions. Elle s'absorba dans la lecture du livret que Wang Liang lui avait donné.

On y parlait des tribus nomades et de l'importance de la religion dans la culture tibétaine.

Retenir autant d'informations était difficile et les yeux de Wen ne cessaient de se fermer.

Pendant deux jours et deux nuits, le train berça ses passagers silencieux.

Il était tôt quand ils atteignirent la grande cité de Chengdu. Wen était soulagée d'être arrivée, car ici elle allait rejoindre, pour la dernière partie de son voyage, la route récemment construite qui menait de Chine au Tibet. Elle avait hâte de voir cette route. Elle se souvenait des articles publiés à l'occasion de son ouverture en 1954 qui en vantaient l'extraordinaire prouesse technique. Reliant Chengdu à Lhassa, distants de près de deux mille cinq cents kilomètres, c'était la plus longue route de Chine, et la première digne de ce nom au Tibet. Les quatre années qu'avait durées sa construction semblaient peu de chose si l'on considérait le nombre de montagnes qu'elle traversait, quatorze en tout, et les rivières, au moins dix. Les rafales de neige et les vents glacials que les ouvriers avaient dû affronter étaient légendaires.

L'automne approchait à grands pas, mais Chengdu était encore enveloppé de la chaleur humide, étouffante de l'été. En descendant du train, Wen s'essuya le front de la manche de son uniforme trempé de sueur. Son visage devait être abominablement sale, pensa-t-elle, honteuse. A force de le frotter pour l'éponger pendant le voyage, il lui faisait mal.

Un grand nombre de soldats encombraient le quai, mais la gare était étrangement silencieuse. Ce voyage dans les wagons comme des boîtes à sardines et le manque d'oxygène avaient épuisé tout le monde. Wen inspecta la rangée d'affiches militaires tout le long du quai à la recherche de son numéro.

Elle finit par trouver une affiche portant le numéro 560809, tenue par un soldat au visage étonnamment jeune. Elle sortit de l'une de ses poches intérieures ses papiers militaires humides et les tendit au jeune homme. Le visage sourit brièvement et la main s'ouvrit. Deux semaines de voyage avec l'armée avaient enseigné à Shu Wen le langage corporel de soldats comme celui-là. Comme elle avançait en trébuchant dans le sillage de l'homme au visage enfantin, elle pensa que, lorsqu'elle était étudiante, elle n'avait jamais réfléchi à la façon dont les cinquante groupes ethniques de la Chine avec leur millier d'accents régionaux faisaient pour communiquer quand ils étaient ensemble. Elle se rendait maintenant compte de l'importance des gestes et du langage commun de l'émotion.

Wen avait imaginé qu'une fois qu'elle aurait atteint Chengdu, elle pourrait commencer tout de suite ses recherches concernant Kejun, mais quand elle a rejoint son ancienne unité, elle a découvert que seul le numéro 560809 était resté le même : l'unité entière avait été reformée, des officiers aux simples soldats, et personne ne savait exactement où l'unité précédente avait combattu au Tibet, encore moins le groupe particulier de Kejun. Un officier d'état-major lui a dit que, à en juger par les déploiements précédents, ils devaient se trouver quelque part près des montagnes Bayan Khar dans la région nord-est déserte du Qinghai. Toutefois, les renseignements étaient maigres car il y avait peu de survivants et ceux qui restaient avaient déjà été mutés ailleurs. A l'intérieur de la couverture de ses *Essais complets* de Liang Shiqiu, Wen a inscrit *Montagnes de Bayan Khar*. Peut-être pourrait-elle trouver de plus amples informations concernant Kejun au cours du trajet – mais son cœur flanchait à la pensée du peu de survivants. « Mon Kejun est vivant », se répétait-elle indéfiniment.

Il y a eu deux jours de repos, de réorganisation et de préparatifs avant le départ pour le Tibet. On a enseigné à Wen et à deux autres médecins comment traiter certains des problèmes qu'ils rencontreraient, dont le mal des montagnes. On leur a donné à chacun un réservoir portable d'oxygène et de nombreuses bouteilles de rechange. « Dieu seul sait comment je vais me débrouiller pour porter tout ça, a pensé Wen, si je commence à souffrir du mal des montagnes moi-même. » La plupart d'entre eux en avaient déjà fait un peu l'expérience

– un léger mal de tête, un peu d'essoufflement –, mais plus ils s'enfonceraient dans le pays, plus cela risquerait de s'aggraver. L'altitude moyenne du « Toit du Monde » avoisinait les quatre mille mètres.

Wen et ses compagnons d'armes ont fini par grimper dans leurs camions militaires et partir pour la célèbre grand-route Sichuan-Tibet. Sur le dos, ils portaient leurs maigres biens enveloppés dans un édredon lié par une corde. La nuit, ils n'auraient qu'à dérouler leurs édredons pour dormir à même le sol.

Le convoi était gigantesque : plusieurs douzaines de camions contenant un millier d'hommes. Wen était terrassée à la fois par le nombre de soldats et par la splendeur de la route. C'était encore plus impressionnant qu'elle ne l'avait imaginé. Avec ses tournants et ses lacets sans fin, la route franchissait un nombre incalculable de montagnes. Le temps ne cessait de changer. Un instant, c'était comme une chaude journée de printemps avec des fleurs, et l'instant d'après des flocons de neige virevoltaient autour d'eux. Elle avait l'impression de se trouver dans un pays féerique où en un seul jour se succédaient des milliers d'années.

La plupart des soldats dans les camions avaient une vingtaine d'années. Ils riaient bruyamment et se bousculaient tout en discutant du peu qu'ils connaissaient du Tibet – les lamas, les ermites et les nomades, la cruauté légendaire du peuple. Wen a compris que, sous leurs rodomontades, ils étaient anxieux. Ils ne connaissaient rien du conflit auquel ils allaient participer et les rumeurs des châtiments barbares que les Tibétains inventaient pour leurs ennemis abondaient. La majorité de ces jeunes soldats étaient des paysans analphabètes, tout à fait incapables de comprendre un peuple aussi différent et éloigné de leurs coutumes. Elle a pensé au zèle avec lequel Kejun avait étudié les coutumes tibétaines, à sa volonté de maîtriser la langue. Elle s'est recroquevillée dans un coin du camion et s'est concentrée sur son but : retrouver Kejun. Ses pensées lui faisaient une sorte de cocon et elle était à peine consciente du bavardage des soldats, de l'inconfort extrême du voyage, des nuits glaciales, des paysages extraordinaires. Elle ne s'est éveillée de sa rêverie qu'au moment où, après des jours de voyage, le convoi de véhicules a quitté la grand-route pour traverser une plaine qui semblait s'étendre à l'infini dans toutes les directions. Wen n'avait pas la moindre idée de leur destination. Elle ne savait même pas s'ils se dirigeaient vers le nord ou vers le sud. Elle se demandait s'ils approchaient des montagnes de Bayan Khar. Elle ne s'était pas attendue à ce que le paysage ne comporte aucun point de repère permettant de s'orienter. Ils n'avaient pas vu la moindre trace d'habitation humaine.

Le convoi procédait par arrêts et haltes, et le nombre de cas de mal des montagnes se mit à augmenter. Des soldats dans les camions criaient que leur tête leur faisait mal, certains n'arrivaient pas à respirer correctement et d'autres ne tenaient pas sur leurs jambes. Il n'y avait que trois médecins pour un convoi de plus de mille soldats, et Wen devait courir dans tous les sens, avec sa bouteille d'oxygène portable sur le dos, montrer aux soldats comment respirer, tout en donnant de l'oxygène à ceux qui étaient à moitié évanouis.

Au moment où les gens commençaient à s'acclimater, Wen s'est rendu compte qu'il se passait quelque chose. Le convoi avait ralenti et ils entendaient des coups de feu dans le lointain. Ils croyaient distinguer par moments des silhouettes derrière les rochers et les buissons. Chacun redoutait une embuscade. Les jours suivants, le terrain difficile a contraint le convoi à se scinder et le camion de Wen s'est retrouvé dans un groupe de sept véhicules seulement. La zone qu'ils traversaient avait beau être déjà soi-disant « libérée » par l'Armée populaire de libération, on ne voyait ni habitants, ni unité militaire, et aucun signal ne parvenait aux opérateurs de radio. L'anxiété a commencé à ronger les soldats à mesure que le vertige, la rareté de l'air et les changements brusques de température les enveloppaient d'un monde de peurs.

Pendant la journée, ils tiraient un certain réconfort des paysages époustouflants et des créatures qu'ils apercevaient, oiseaux et animaux. Mais la nuit, avec la chute brutale de la température, les bruits des animaux et les plaintes des bourrasques dans les arbres, Wen et ses compagnons se sentaient pris dans un monde irréel. Personne ne savait ce qui allait arriver. Ils s'attendaient à ce que la mort frappe d'un instant à l'autre. Ils se serraient les uns contre les autres autour de leurs feux de camp et essayaient désespérément de dormir. Wen restait éveillée à écouter le vent. Il lui semblait entendre la voix de Kejun dans les arbres l'inciter à la prudence, elle ne devait pas se laisser tremper par la rosée ou brûler par le feu de camp, ni s'éloigner seule.

Un matin, alors que la compagnie s'éveillait à l'aube, on découvrit les cadavres rigides de deux soldats, d'étincelants couteaux tibétains fichés dans leurs poitrines. Les sentinelles n'avaient pas entendu un seul bruit de toute la nuit. Les couteaux avaient été lancés avec une précision redoutable.

Le lendemain et le jour suivant, la même chose se reproduisit : peu importait le nombre de vigiles ou le nombre de feux qu'ils allumaient, les soldats harassés étaient accueillis à l'aube par deux cadavres poignardés. Le doute n'était plus possible : on les suivait.

Personne ne comprenait pourquoi seulement deux soldats étaient tués à chaque fois. Ceux qui faisaient cela avaient décidé de ne pas attaquer tout le convoi, mais ils jouaient un jeu dangereux.

Deux des morts étaient des chauffeurs et comme personne d'autre ne savait conduire, ils furent contraints d'abandonner deux camions et de s'entasser dans les véhicules restants. Un silence de mort tomba sur le convoi. Chacun pensait à cette fin violente qui aurait pu être la sienne.

Wen ne craignait pas la mort. Elle avait l'impression de se rapprocher de Kejun. Parfois, elle souhaitait même franchir la frontière entre les vivants et les morts. Si Kejun était déjà de l'autre côté, elle voulait le rejoindre dès que possible, quelle que soit la région de l'enfer où il souffrait.

Un après-midi, quelqu'un dans l'un des camions repéra quelque chose au loin ; il cria : « Regardez, ça bouge ! » Dans la direction qu'il indiquait, quelque chose roulait sur le sol. Wen vit un soldat sur le point de tirer, mais elle se hâta de l'en empêcher. « Si c'était quelque chose de dangereux, il nous aurait déjà attaqués ou aurait décampé », le raisonna-t-elle. Le commandant de la compagnie, qui était dans le camion de Wen, l'entendit. Il ordonna au chauffeur de s'arrêter et envoya quelques soldats en reconnaissance. Ils revinrent en portant la chose : c'était un Tibétain d'une saleté inimaginable, de sexe indéterminé, couvert de colliers et de bijoux brillants et tintinnabulants.

3

Zhuoma

Wen a doucement nettoyé la saleté et découvert un visage au teint chaud, couleur de terre cuite, et aux joues roses brûlées par le soleil. C'était un visage typique de Tibétaine – des yeux sombres, expressifs, en forme d'amande, une bouche sensuelle avec une lèvre inférieure pleine et une lèvre supérieure mince, un nez large et droit. Mais ses jeunes traits ravagés portaient la marque de terribles épreuves ou de la maladie : ses yeux étaient injectés de sang et inertes, et avec sa bouche meurtrie et boursouflée, la femme ne pouvait articuler qu'avec difficulté des sons incompréhensibles. Impossible qu'elle ait été mêlée aux tueries des nuits précédentes – cela a traversé l'esprit de Wen –, elle était à demi morte.

Un soldat a passé à Wen une gourde d'eau, et elle en a versé le contenu, goutte à goutte, dans la bouche de la femme. Sa soif apaisée, la femme a marmonné en chinois : « Merci. »

« Elle parle chinois ! » a hurlé un soldat à la foule de spectateurs. Tout le monde était excité :

c'était la première Tibétaine qu'ils voyaient et en plus elle parlait chinois. Immédiatement, ils se sont demandé si elle pourrait les aider à prévenir d'autres attaques, peut-être leur servir de protection. Wen a vu le commandant de la compagnie regarder dans sa direction tout en parlant avec les officiers des autres camions. Elle a supposé qu'ils discutaient du sort de la Tibétaine.

Le commandant est venu trouver Wen : « Qu'est-ce qu'elle a ? Est-ce qu'elle pourra nous être utile ? » Wen a compris qu'elle tenait la vie de cette femme entre ses mains. Après lui avoir pris le pouls et ausculté le cœur et la poitrine, elle s'est tournée vers le commandant : « Selon moi, elle souffre d'épuisement, elle se remettra vite. » Cela s'est révélé vrai, mais Wen savait qu'elle aurait dit la même chose même si tel n'avait pas été le cas. Elle ne voulait pas qu'on abandonne cette Tibétaine.

« Portez-la dans le camion et repartons. » Le commandant a grimpé à bord sans rien ajouter.

Une fois en route, la femme est tombée dans un sommeil hébété et Wen a expliqué aux soldats qu'elle était probablement restée sans manger ni boire ni dormir pendant plusieurs jours et plusieurs nuits. Elle voyait bien que les soldats ne la croyaient pas tout à fait, mais tout le monde s'est serré pour faire autant de place que possible à la Tibétaine.

Wen regardait, fascinée, les colliers et les amulettes de la femme se soulever et s'abaisser au rythme de sa respiration laborieuse. Sa lourde robe, bien que grossière et couverte de poussière et de crasse, était par endroits finement brodée. Ce n'était pas une paysanne. Puis Wen a souri intérieurement quand elle a vu que tous les soldats du camion, certains bouche bée, ne pouvaient détacher leurs yeux de cette créature exotique.

Le jour n'en finissait pas. La route était de plus en plus mauvaise et crevassée comme ils progressaient lentement dans plusieurs défilés dangereux. Le vent soufflait si fort qu'il ballottait les camions d'un côté à l'autre. Ils ont fini par dresser leur camp pour la nuit à l'abri d'un rocher en saillie. Le commandant a suggéré de mettre la femme auprès de l'un des feux, d'abord pour lui apporter la chaleur dont elle avait encore besoin, mais aussi, plus important, pour décourager les tueurs qui les suivaient probablement encore. Ils se sont tous installés pour une nuit très inconfortable.

Au milieu de la nuit, Wen a entendu la Tibétaine pousser un gémissement. Elle s'est redressée sur son séant.

« Qu'est-ce qu'il y a ? Vous avez besoin de quelque chose ?

— De l'eau… de l'eau. »

La femme semblait sur le point de défaillir.

Wen lui a apporté de l'eau aussi vite que possible, puis une généreuse portion de farine prise sur les provisions. Plus tôt dans la journée, quand ils l'avaient trouvée, Wen n'avait pu lui donner qu'une très petite quantité de nourriture prise sur sa propre ration, mais maintenant qu'ils avaient installé leur camp et déballé le ravitaillement, elle avait réussi à en mettre un peu plus de côté.

Peu à peu, la femme est revenue à la vie et a été en mesure de parler : « Merci ! Vous êtes très gentille. » Elle parlait chinois clairement, mais avec un accent étrange.

« Je suis médecin, a dit Wen, cherchant le mot tibétain pour "médecin" que Kejun lui avait enseigné autrefois : *menba*. Je vais prendre soin de vous. Ne parlez pas. Attendez de vous sentir mieux. Vous êtes encore très malade.

—Je ne suis pas gravement malade, je suis seu lement épuisée. Je peux parler. »

Avec difficulté, la femme a rapproché son corps sans force de celui de Wen.

« Non, ne bougez pas, je vous entends. Comment vous appelez-vous ?

— Zhuoma, a répondu la femme faiblement.

— Et où habitez-vous ?

— Nulle part. Ma maison est détruite. »

Ses yeux se sont emplis de larmes. Wen ne savait quoi dire. Après un bref silence, elle a demandé :

« Comment se fait-il que vous parliez si bien le chinois ?

— Je l'ai appris quand j'étais enfant. J'ai visité Pékin et Shanghai. »

Wen était stupéfaite.

« Je viens de Suzhou », a-t-elle dit, émue, espérant de toutes ses forces que cette femme connaîtrait sa ville natale. Mais le visage de Zhuoma s'est soudain transformé et elle a dit avec colère :

« Pourquoi l'avez-vous quitté pour venir tuer des Tibétains ? »

Wen était sur le point de répliquer quand la femme a poussé un cri en tibétain. Les hommes, qui étaient déjà sur les nerfs, se sont mis debout d'un bond. Mais c'était trop tard : un autre soldat était mort, poignardé en plein cœur par un couteau tibétain. Des coups de feu et des cris ont résonné comme si les soldats étaient pris d'un accès de folie. Puis un calme terrifiant s'est installé, comme si un sort hideux menaçait la première personne qui ferait le plus léger bruit.

Du sein du silence, un soldat s'est retourné prestement et a pointé son fusil sur Zhuoma, trop faible pour se lever.

Il a hurlé : « Je vais te tuer, Tibétaine, te tuer ! » Il a fait mine d'actionner la gâchette.

Avec un courage qu'elle ignorait posséder, Wen s'est jetée entre Zhuoma et le soldat.

« Non, attendez, elle n'a tué personne, vous ne pouvez pas l'assassiner ! » Sa voix tremblait, mais était résolue.

« Mais c'est son peuple qui nous tue. Je... je ne veux pas mourir ! » Le soldat avait l'air sur le point d'exploser de panique et de fureur.

« Tue-la ! Tue-la ! » Les soldats de plus en plus nombreux se sont mêlés à la dispute. Ils prenaient tous le parti de l'homme au fusil.

Wen a regardé le commandant, espérant qu'il viendrait à la rescousse, mais son visage demeurait de pierre.

« Bonne *menba*, a dit Zhuoma, laissez-les me tuer. Il y a tant de haine entre les Chinois et les Tibétains, personne ne pourra jamais arranger la situation maintenant. Si me tuer leur procure une certaine paix, je suis heureuse de mourir ici. »

Wen s'est tournée pour faire face à la foule. « Vous entendez ça ? Cette femme est prête à se sacrifier pour vous. Oui, elle est tibétaine, mais elle nous aime, elle aime notre culture, elle est allée à Pékin, à Shanghai. Elle parle chinois. Elle veut nous aider. Pourquoi prendrions-nous sa vie rien que pour nous sentir mieux ? Que penseriez-vous d'un peuple qui tuerait les personnes que vous aimez pour se venger ? Que feriez-vous ? » Wen était au bord des larmes.

« Les Tibétains nous tuent pour se venger, a bredouillé un soldat.

—Ils ont des raisons de nous en vouloir et nou aussi, mais pourquoi empirer la situation et créer de nouvelles haines ? » Wen avait à peine fini de parler qu'elle a pensé à l'inutilité de ses paroles, ces soldats illettrés ne connaissaient que l'amour et la haine. Wang Liang avait raison : la guerre traçait des limites claires entre l'amour et la haine.

« Que savent les femmes des ennemis ou de la haine ? a crié une voix dans la foule. Tuez la Tibétaine ! »

Wen a pivoté pour faire face à la voix. « Qui dit que je ne sais rien de nos ennemis ou de la haine ? Savez-vous pourquoi j'ai quitté Suzhou et parcouru des milliers de kilomètres pour venir dans cet endroit sinistre ? Je suis venue chercher mon mari. Nous n'avons été mariés que trois semaines quand il est parti faire la guerre au Tibet et il est porté disparu. Ma vie n'a pas de sens sans lui. » Wen a éclaté en sanglots.

Les soldats se sont tus. Les larmes de Wen n'étaient accompagnées que par le craquement du feu qui brûlait. L'aube commençait à poindre et un peu de lumière éclairait le camp.

« Je sais ce qu'est la haine. Si mon mari est vraiment mort, mort à l'âge de vingt-neuf ans, je suis ici pour me venger, pour trouver ses assassins. Mais vous ne croyez pas que les gens d'ici nous haïssent aussi ? Vous ne vous êtes jamais demandé pourquoi nous n'avons rencontré personne ? Vous ne croyez pas que cela a peut-être quelque chose à voir avec nous ? »

Wen a jeté un regard circulaire sur son auditoire réduit au silence et a poursuivi plus lentement et avec une plus grande détermination :

« Tous ces morts ces derniers jours sont un avertissement. J'y ai beaucoup réfléchi. J'ai tout autant peur que vous, je suis aussi remplie de haine que vous. Mais pourquoi sommes-nous ici ? Les Tibétains nous ont-ils invités ? Nous sommes venus les libérer, mais pourquoi nous détestent-ils ?

— Compagnie, en rangs ! »

Le commandant a interrompu Wen. Comme les soldats se hâtaient de se mettre en rangs, le commandant a murmuré à son adresse : « Je comprends ce que vous dites, mais vous ne pouvez pas parler aux soldats comme ça. Nous sommes une armée révolutionnaire, pas une force d'oppression. Rejoignez le rang et attendez mes ordres. »

Le commandant s'est tourné vers les soldats :

« Camarades, nous nous trouvons dans une situation grave et très compliquée. Nous devons nous souvenir des Trois Grandes Règles et des Huit Principes de l'armée, et de la politique du Parti en ce qui concerne les minorités. Nous pardonnons les mésententes du peuple tibétain, cherchons leur coopération et leur entente, et travaillons dans la mesure du possible à libérer le Tibet. »

Le commandant a jeté un regard à Zhuoma et Wen.

« Si nous voulons libérer le Tibet, nous avons besoin de l'aide du peuple tibétain, surtout des Tibétains qui parlent chinois. Ils peuvent nous aider à nous prémunir contre le danger, gagner les gens du pays à notre cause et éviter des querelles. Ils peuvent aussi nous aider à trouver de l'eau et des endroits où camper, et nous enseigner leur culture et leurs coutumes. Le commandement a décidé d'emmener Zhuoma comme guide et interprète. »

Tout le monde a été stupéfait par cette nouvelle inattendue, et Zhuoma la première. Son visage exprimait la plus grande confusion. A l'évidence, elle trouvait le fort accent du Shanxi du commandant difficile à comprendre ou ce qu'il voulait dire par Règles et Principes de l'armée, mais elle s'est rendu compte que les soldats avaient peu à peu cessé de la regarder avec cette haine féroce. Sans autre explication, le commandant a envoyé les soldats enterrer leur camarade mort, allumer les fourneaux pour le petit déjeuner, éteindre les feux et vérifier le stock d'armes. Cette fois-là aussi, le soldat tué était un chauffeur, et il a fallu abandonner un autre camion. Les camions restants étaient maintenant plus chargés que jamais. Avant que le convoi ne s'ébranle, le commandant s'est arrangé pour que Zhuoma et Wen soient ensemble dans la cabine du camion où il montait habituellement. Il a dit qu'il voulait que les soldats aient plus de place, mais Wen a compris qu'il désirait leur donner, à elle et Zhuoma, l'occasion de se reposer en toute sécurité.

Pendant la première partie du voyage, Zhuoma, la tête sur l'épaule de Wen, est tombée dans un long sommeil. Quand elle s'est réveillée, Wen s'est réjouie de voir que ses yeux retrouvaient de la vivacité. Elle lui a fait manger un peu plus de pâte de riz, et ses joues ont repris des couleurs. Elle était jeune et belle.

« Où est votre famille ? lui a-t-elle demandé. Où alliez-vous ? »

Comme le camion continuait sa route en cahotant, Zhuoma, les yeux emplis de tristesse, a raconté à Wen d'une voix calme l'histoire de sa vie.

Zhuoma avait vingt et un ans. Son père était le chef d'une famille importante qui possédait de la terre dans la région de Bam Co, une zone fertile au nord de Lhassa et l'une des portes pour les montagnes, permettant un accès au nord du Tibet. Il présidait à une grande maisonnée avec de vastes terres et beaucoup de serfs. La mère de Zhuoma était morte en lui donnant naissance, et les deux autres épouses n'ayant pas eu d'enfants, elle était son bien le plus cher.

Quand elle avait cinq ans, deux Chinois portant des uniformes jaunes étaient venus séjourner dans sa famille. Selon son père, ils étaient venus étudier la culture tibétaine. Zhuoma avait appris plus tard qu'ils étaient envoyés par le gouvernement nationaliste chinois pour promouvoir les relations entre la Chine et le Tibet. Les deux Chinois s'étaient pris d'affection pour elle, et dans leur tibétain haché, ils lui avaient raconté toutes sortes d'histoires fascinantes. Le plus âgé des deux avait un faible pour les récits ayant un lien avec l'histoire de la Chine. Il lui avait raconté comment, cinq mille ans plus tôt, Da Yu avait empêché le fleuve Jaune de couler en le divisant en deux branches, comment Wang Zhaojun, l'une des quatre grandes beautés de l'histoire chinoise, avait apporté la paix dans le nord de la Chine en épousant un seigneur de guerre, comment les principes du pouvoir politique étaient contenus dans un livre intitulé *Les Trois Royaumes*, et comment Sun Yat-sen avait fondé l'Etat chinois moderne. Le plus jeune l'avait emballée avec ses légendes chinoises et ses récits de courage féminin exemplaire. Il lui avait parlé de Nu Wa qui avait bouché un trou dans le ciel, du Roi Singe qui avait défié l'autorité des cieux, et de Mulan qui s'était déguisée en homme pour rejoindre l'armée à la place de son père, et y était restée pendant vingt ans sans qu'on découvre la supercherie.

Zhuoma s'était passionnée pour ces contes si différents de tout ce qu'elle connaissait. Elle harcelait les deux hommes de ses innombrables questions au point qu'ils avaient déclaré que Zhuoma posait plus de questions qu'il n'y avait d'étoiles dans le ciel. Avec leur soutien, elle avait appris à déchiffrer les caractères chinois, alors qu'elle rechignait à les écrire elle-même, intimidée par la difficulté à copier les nombreux idéogrammes. Les deux hommes étaient repartis pour la Chine l'année des quinze ans de Zhuoma, emportant avec eux de nombreux rouleaux en tibétain et lui laissant une immense pile de livres, ainsi qu'un sentiment de grande solitude et le désir de se rendre en Chine.

En grandissant, elle n'avait cessé de prier son père de la laisser visiter la Chine, mais il avait toujours refusé, arguant qu'elle était trop jeune ou que ce n'était pas une époque favorable. Mais quand elle avait entendu son père dire aux gens qu'il avait l'intention d'encourager les autres propriétaires terriens à demander sa main en l'envoyant étudier en Angleterre à cause des liens historiques unissant les deux pays, elle avait menacé de ne jamais se marier s'il ne la laissait pas voir Pékin. Son père lui avait cédé et permis d'accompagner un propriétaire d'une région voisine dans son voyage en Chine. Puisqu'elle parlait chinois, cet homme avait accepté de l'emmener à condition qu'elle ne parle pas de ce qu'elle savait et ne pose pas de questions sur ce qu'elle ne savait pas. Promesse faite en présence des divinités, donc impossible à renier, et Zhuoma le savait pertinemment.

C'est ainsi que la jeune Zhuoma était partie pour Pékin au printemps.

« La foule et la circulation m'ont terrifiée, a dit Zhuoma à Wen. J'avais imaginé Pékin comme une grande prairie, avec une langue et une culture différentes mais rien de plus. Ça a été un grand choc. Je n'arrivais pas à en croire mes oreilles,

les Chinois étaient très bavards. Leurs visages semblaient si blancs et si propres, lisses comme si la vie ne les avait pas touchés. Il n'y avait pas de chevaux, pas d'herbe, pas de grands espaces, seulement des bâtiments, des voitures, des gens, des rues et beaucoup de bruit. Et Shanghai m'a choquée encore plus. J'ai vu marcher dans les rues des créatures avec des cheveux dorés et des yeux bleus, comme les fantômes des peintures tibétaines. Notre compagnon chinois m'a expliqué que c'étaient des Occidentaux, mais je ne comprenais pas ce qu'il voulait dire et je ne pouvais lui demander parce que je devais tenir ma promesse de ne pas poser de questions sur *ce que je ne savais pas.* »

Quand Zhuoma était revenue au Tibet, elle mourait d'envie de raconter aux gens toutes les choses étranges et troublantes qu'elle avait vues, mais personne ne comprenait de quoi elle parlait. Son père semblait préoccupé par quelque chose de grave. Son anxiété et son humeur maussade permanentes l'empêchaient de prêter attention à ce qu'elle lui racontait ; quant à ses deux épouses, elles ne parlaient de toute façon jamais avec Zhuoma. Pour compenser quelque peu cette négligence, son père lui a envoyé son serviteur pour lui tenir compagnie et écouter ses histoires.

« Mon père ne supportait pas de me voir si solitaire, mais la seule chose qu'il a trouvée, c'est de m'envoyer un de ses serviteurs. Il ne lui est pas venu à l'esprit que je pourrais en tomber amoureuse. »

Une ombre d'angoisse est passée sur le visage de Zhuoma.

« Mon père était hors de lui quand il l'a appris. Il m'a dit que ce n'était pas de l'amour, seulement un besoin. Mais moi je savais ce que je ressentais ; j'avais envie d'être en compagnie de cet homme tout le temps, et j'aimais tout ce qui le touchait.

« Dans mon pays, a continué Zhuoma, l'amour entre un noble et un serviteur est interdit. C'est la volonté des esprits, et personne n'y peut rien. Mais nous sommes tous des êtres d'émotions, et les émotions ne sont pas si faciles à circonscrire. C'est pour cela qu'il y a des règles. Si un serviteur et une femme de la noblesse sont amoureux, alors le seul choix qui reste à l'homme, c'est d'enlever la femme. S'il fait cela, elle perd tout : famille, biens, même le droit d'exister dans l'endroit où elle est née. Mon père savait que j'étais têtue, alors il a pris conseil d'un membre de sa suite, qui était son conseiller depuis mon enfance, et il m'a renvoyée à Pékin avec un groupe de servantes. »

L'homme qui avait emmené Zhuoma la première fois en Chine avait des amis chinois à Pékin et la jeune Zhuoma de dix-sept ans a été envoyée vivre chez eux. Peu de temps après, ses servantes sont retournées au pays. Elles ne supportaient pas de vivre dans un environnement étranger. Pour elles, Pékin n'appartenait pas au monde des humains. Elles avaient le sentiment d'être entourées de démons. Personne ne parlait leur langue ni ne mangeait leur nourriture. Sans temples ni monastères, elles ne bénéficiaient plus de la protection des esprits. Zhuoma, quant à elle, allait très bien. Elle s'était inscrite à l'Institut des minorités nationales, université fondée par le gouvernement communiste dans le dessein d'éduquer les jeunes gens venant de territoires minoritaires. Le valet avait vite été remplacé dans son jeune esprit par son amour de la culture chinoise.

« Rencontrer des gens si différents des Tibétains me plaisait, a confié Zhuoma à Wen. J'adorais Pékin et son immense place Tienanmen. A l'institut, je parlais mieux chinois que la plupart des autres étudiants et j'avançais bien dans mes études. A la maison, je n'avais jamais franchi les limites des terres de mon père et j'étais impatiente d'apprendre les nombreuses coutumes des différentes régions du Tibet et les multiples ramifications de sa religion. Quand j'ai eu mon diplôme, j'ai décidé de rester en Chine comme professeur et traductrice de tibétain.

« Mais cela ne devait pas se passer ainsi. J'étais sur le point de déménager du dortoir des étudiants pour celui des professeurs quand j'ai reçu un message m'annonçant que mon père était au plus mal. »

Zhuoma a décrit alors comment elle était partie pour le Tibet le soir même, voyageant aussi vite que possible, de jour comme de nuit, d'abord par train, puis en charrette à cheval, puis à cheval, fouettant sa monture dans sa hâte à rejoindre les terres de son père. Mais quand elle est arrivée au pied des montagnes Tanggula, des serviteurs qui l'attendaient là lui ont appris que leur maître n'avait pas eu la force de tenir jusqu'au retour de sa fille. Il était mort sept jours plus tôt.

Accablée de chagrin et de doutes, Zhuoma est rentrée chez elle. Elle a vu de loin les drapeaux de prière flottant sur le hall où son père gisait. En approchant, elle a entendu les psalmodies des lamas. Dans le hall, celui-ci était déjà enveloppé dans un linceul, ses deux épouses silencieuses à genoux à sa gauche. A sa droite, trônait un portrait de la mère défunte de Zhuoma avec l'amulette de jade du Bouddha qu'elle utilisait de son vivant. Le tissu brodé d'or sur lequel Zhuoma avait coutume de prier avait été placé sous la statue en or du Bouddha à la tête de son père. Il était entouré d'offrandes pour les esprits, d'écharpes de prière blanches – des *khata* –, d'inscriptions sacrées et autres objets apportés comme tributs par des amis, des parents, les membres de sa maisonnée et les fermiers.

« J'étais l'héritière de mon père, a expliqué Zhuoma. Jeune femme, je n'avais jamais pensé à ses devoirs en tant que chef d'un grand domaine. Il ne m'avait jamais parlé de ses affaires. Mais alors, après avoir observé les quarante-neuf jours de deuil, le conseiller de mon père m'a prise à part pour me parler des lourdes responsabilités qui avaient été celles de mon père dans les semaines précédant sa mort.

« Il m'a montré trois lettres. L'une venait d'un autre gouverneur local pressant mon père d'aider l'Armée pour la protection de la foi bouddhiste et l'incitant à se révolter contre les Chinois. Elle disait que les Chinois étaient des monstres et couvraient de honte les terres du Bouddha. La lettre lui demandait de donner de l'argent, des yaks, des chevaux, des vêtements et du blé à l'armée, et d'empoisonner les sources d'eau pour priver les Chinois de moyens de subsistance.

« La deuxième lettre était signée par un général chinois du nom de Zhang qui voulait que mon père l'aide à "unir la mère patrie". Il disait qu'il espérait que mon père l'aiderait à éviter un bain de sang, mais que, s'il refusait, il n'aurait pas d'autre choix que d'envoyer des soldats sur ses terres. Il disait aussi à mon père qu'on prenait soin de moi à Pékin.

« La troisième lettre provenait du quatrième frère de mon père. Elle était arrivée juste avant sa mort. Le frère de mon père lui conseillait de fuir avec sa famille car, dans sa région, de féroces combats avaient éclaté entre Tibétains et Chinois. Tous les temples avaient été détruits, les propriétaires assassinés, et les fermiers s'étaient enfuis. On lui avait rapporté une rumeur selon laquelle j'étais prisonnière à Pékin. Il espérait que sa lettre arriverait à temps. Quant à lui, il attendait son sort.

« La lecture de ces lettres m'a jetée dans une grande confusion. Je ne comprenais pas toute cette haine entre mon pays et le pays de mes rêves. Toute cette angoisse avait tué mon père. Il était pris entre des menaces émanant à la fois des Chinois et des Tibétains. Il n'aurait pas supporté les scènes décrites dans la lettre de mon oncle, car la religion est l'âme du peuple tibétain.

« Pendant des heures, j'ai réfléchi à ce que je devais faire. Je ne voulais pas aider l'Armée pour la protection de la foi bouddhiste à tuer des Chinois, mais je ne voulais pas non plus que le sang de mon propre peuple souille la terre. J'ai fini par décider de m'éloigner des combats avec l'espoir de trouver la liberté... »

Zhuoma a continué à raconter d'une voix calme comment elle avait démantelé son domaine. Elle a renvoyé ses belles-mères avec de grosses quantités d'or, affranchi les serviteurs et partagé une grande partie de ses biens entre eux. Les parures et les bijoux qui étaient dans sa famille depuis des générations, elle les a cachés dans ses vêtements, en espérant qu'ils la protégeraient et lui permettraient de survivre dans le futur. Puis elle a ouvert les greniers et en a distribué le contenu aux fermiers. Elle a envoyé le précieux Bouddha d'or et tous les autres objets religieux à un monastère. Elle était consciente, ce faisant, du regard du conseiller de son père. Il était dans la famille depuis que son père avait trois ans et avait commencé à lire les Ecritures sacrées. Trois générations avaient bénéficié de sa sagesse et de ses conseils. Il était maintenant le témoin de la ruine de la famille.

Quand elle a eu fini, Zhuoma a traversé les pièces vides de la maison. Le soir tombait et elle portait une torche enflammée. Elle avait l'intention de mettre le feu à la maison avant de partir. Alors qu'elle était sur le point de le faire, le conseiller s'est approché d'elle, tête baissée.

« Maîtresse, puisque, dans votre cœur, cette maison est déjà réduite en cendres, me la donneriez-vous ? » Cette requête a grandement surpris Zhuoma. Il ne lui était jamais venu à l'idée que cet homme puisse lui demander une telle chose.

« Mais il n'y a rien ici ! a-t-elle bredouillé. Comment vivras-tu ? Les combats se rapprochent...

— Je suis venu ici les mains vides et je partirai les mains vides, a répliqué l'homme. Les esprits me guideront. Ici, j'ai été reçu dans la foi de Bouddha. Vivant ou mort, mes racines sont ici. Maîtresse, je vous prie d'accéder à ma demande. »

Tout le temps qu'il a parlé, il a gardé la tête baissée.

Zhuoma l'a observé. Elle a compris que cet homme n'était pas le serviteur de basse extraction de son enfance. Son visage avait complètement changé.

« Très bien, a-t-elle dit, consciente de la gravité de ses paroles. Puissent les esprits te protéger et exaucer tes vœux ! Lève la tête et reçois ta maison. »

En disant cela, elle lui a passé la torche.

Zhuoma a mené son cheval jusqu'à la porte d'entrée de la cour, comptant chaque pas, cinq cent quatre-vingt-dix-neuf en tout. Une fois à la porte, elle s'est retournée et, pour la première fois de sa vie, elle s'est rendu compte à quel point la maison de son enfance était imposante. L'arche sculptée à deux étages qui se dressait devant elle resplendissait de couleurs vives ; les ateliers, les cuisines, le quartier des serviteurs, les étables, les réserves et les greniers de chaque côté étaient magnifiquement entretenus. Au loin, le conseiller de son père se dressait telle une statue, illuminé par la torche.

Elle a franchi le seuil et, dans ce qui restait de la lumière du jour, elle a aperçu un homme et un cheval lourdement chargé.

« Qui va là ? a-t-elle demandé, surprise.

— Maîtresse, c'est moi. » La voix était familière.

« Valet ? Est-ce toi ? Que fais-tu ici ?

— Je... je voulais servir de guide à ma maîtresse.

— De guide ? Comment sais-tu où je veux aller ?

— Je sais. Je l'ai su quand ma maîtresse est revenue de Pékin et m'a raconté ses histoires. »

Zhuoma était tellement émue qu'elle ne savait quoi dire. Elle ne pensait pas que le valet avait en lui tant de sentiments et de passion. Elle aurait aimé voir son expression, mais il gardait la tête baissée.

« Lève la tête et laisse-moi te regarder, a-t-elle dit.

— Maîtresse, votre valet n'ose pas…

— A partir de maintenant, je ne suis plus ta maîtresse et tu n'es plus mon valet. Quel est ton nom ?

— Je n'ai pas de nom. Je suis seulement "Valet", comme mon père.

— Alors c'est moi qui vais te donner un nom. Tu veux bien ?

— Merci, maîtresse.

— Et tu dois m'appeler Zhuoma, sinon je ne veux pas de toi comme guide.

— Oui… non », a marmonné l'homme, confus.

Zhuoma souriait en expliquant à Wen comment elle avait baptisé le valet Tienanmen d'après la grande place qui l'avait tant impressionnée à Pékin. Mais la tristesse a bien vite envahi ses traits quand elle lui a raconté la suite de son histoire.

Alors que Tienanmen et elle s'apprêtaient à enfourcher leurs montures, celui-ci a soudain pointé un doigt vers le ciel et s'est écrié :

« Maîtresse, un feu ! Un grand feu ! »

Zhuoma s'est retournée et a vu la grande demeure en flammes et, dans la cour, le conseiller de sa famille qui brûlait en hurlant des prières. Les larmes coulaient sur son visage. Le fidèle conseiller de sa famille s'immolait dans la maison à laquelle il avait consacré sa vie.

Wen retenait son souffle en essayant d'imaginer ce que cela devait être de tout perdre dans de telles circonstances. Zhuoma a repris le fil de son histoire, le visage baigné de larmes.

Zhuoma et Tienanmen s'étaient dirigés vers l'est, vers la Chine. Tienanmen était un bon guide, les menant par des itinéraires inhabituels pour éviter les lieux d'affrontements entre Chinois et Tibétains. Ils avaient une grande provision de nourriture – de la viande de yak séchée, de l'orge, du beurre et du fromage. Les fleuves leur donnaient l'eau et il y avait du bois pour le feu. Ils ont dû traverser plusieurs hauts défilés, mais Tienanmen savait toujours où s'abriter.

Pendant le long voyage, Tienanmen a mis tout son cœur et toute son âme dans les soins qu'il prodiguait à Zhuoma : il allait chercher l'eau, faisait la cuisine, ramassait du bois, préparait le couchage, montait la garde la nuit. Il n'oubliait rien. Zhuoma n'avait jamais vécu en pleine nature auparavant et ne savait comment l'aider. Assise près du feu dansant ou cahotée sur son cheval, elle s'imprégnait silencieusement de son amour. En dépit de leur situation désespérée, elle avait de l'espoir et était heureuse. Mais le temps a changé. Un grand vent a envahi la steppe, un blizzard qui roulait devant lui tout ce qu'il trouvait sur son passage. Les chevaux avançaient péniblement et Zhuoma et Tienanmen ne progressaient que mètre par mètre. Comprenant qu'il serait trop dangereux de continuer, Tienanmen a installé un bivouac à l'abri d'un énorme rocher où Zhuoma épuisée pourrait dormir. Puis il s'est mis devant elle pour la protéger de la tempête.

Au milieu de la nuit, le hurlement du vent a réveillé Zhuoma. Elle a appelé Tienanmen, mais personne ne lui a répondu. Elle a eu beaucoup de mal à se mettre debout et rester sur ses pieds dans la tempête ; elle a rampé en le cherchant et en criant son nom. Elle manquait de repères pour s'orienter dans le noir. Elle a fini par s'évanouir et tomber dans un précipice.

Quand elle est revenue à elle, le ciel était d'un bleu brillant. Elle gisait sur les pentes rocheuses d'un ravin. Aucun signe de Tienanmen, de ses affaires ou de leurs bagages nulle part. Le ciel bleu la regardait pleurer ; plusieurs vautours planaient au-dessus d'elle, répondant à ses pleurs par leurs cris.

« J'ai crié et crié le nom de Tienanmen jusqu'à m'enrouer, a dit Zhuoma. Je n'avais pas la moindre idée de ce que je devais faire. Heureusement, je n'étais pas blessée, mais je ne savais pas où je me trouvais ni quel chemin prendre. Je suis fille de noble : j'ai l'habitude que les serviteurs s'occupent de moi. Tout ce que je savais de l'est et de l'ouest, c'était le lever et le coucher du soleil. J'ai marché pendant des jours sans rencontrer âme qui vive. Puis je me suis effondrée de froid et de faim. Je pensais que j'étais sur le point de mourir quand j'ai entendu vos camions et j'ai imploré le Seigneur Bouddha pour que vous me voyiez. »

Il y a eu un long silence dans la cabine du camion. Wen ne savait pas comment s'adresser à Zhuoma après tout ce qu'elle venait d'entendre. Le chauffeur du camion a pris le premier la parole. Il avait l'air de se concentrer sur la route, mais avait écouté attentivement toute son histoire.

« Pensez-vous que Tienanmen soit encore vivant ? a-t-il demandé.

— Je ne sais pas, a répondu Zhuoma. Mais s'il l'est, je l'épouserai. »

Ce soir-là, tout le monde redoutait de dormir. Autour des feux de camp, les soldats éreintés étaient assis dos à dos, un groupe d'hommes face au feu et l'autre scrutant l'obscurité. Ils changeaient de place toutes les heures.

Wen s'est soudain tournée vers Zhuoma.

« Quand nous avons été attaqués ce matin, vous avez crié quelque chose en tibétain. Qu'est-ce que c'était ? Comment saviez-vous que des Tibétains se trouvaient dans les parages ?

— Je les ai entendus murmurer les paroles rituelles que les Tibétains prononcent avant de tuer. Je voulais les en empêcher, leur dire qu'il y avait un Tibétain dans le groupe… »

Wen voulait lui demander autre chose quand Zhuoma se mit soudain de nouveau à crier, un cri perçant qui fit se dresser les cheveux sur toutes les têtes.

Ceux qui formaient le cercle extérieur virent des ombres noires se faufiler vers eux.

D'instinct Wen pensa qu'il ne fallait pas bouger, que ceux qui bougeraient mourraient. En quelques secondes, d'innombrables Tibétains armés de fusils et de couteaux les encerclaient. Wen crut que leur fin était venue. Puis un chant lugubre s'éleva. La mélodie était tibétaine, mais les paroles étaient chinoises.

Montagne neigeuse, pourquoi ne pleures-tu pas ? Ton cœur est-il trop froid ?

Montagne neigeuse, pourquoi pleures-tu ? Ton cœur est-il trop douloureux ?

Tous les yeux se tournèrent vers Zhuoma qui, continuant à chanter, se leva doucement et s'avança vers le chef des Tibétains. Après l'avoir salué à la manière tibétaine, elle tira une parure de sa robe et le lui montra. La vue de cette parure eut un effet immédiat sur le Tibétain. Il fit signe à ses hommes, qui reculèrent. Puis il rendit à Zhuoma son salut et s'adressa à elle en tibétain.

Wen et le reste de la compagnie n'avaient pas la moindre idée de ce qu'ils se disaient, mais ils étaient sûrs que Zhuoma faisait son possible pour sauver leur peau. Finalement, après dix minutes environ, Zhuoma les rejoignit. Les Tibétains, dit-elle, voulaient les punir. Dans sa progression vers l'ouest, l'Armée populaire de libération avait éteint les flammes éternelles des monastères et tué de nombreux gardiens de troupeaux. Les Tibétains pensaient que deux cent trente et un gardiens étaient morts, et ils avaient l'intention de prendre le double de vies chinoises en compensation. Zhuoma avait négocié avec eux, mais ils refusaient de se montrer cléments, soutenant que relâcher les Chinois permettrait à ceux-ci de tuer encore plus de Tibétains. Toutefois, le chef avait dit qu'il leur donnerait une chance s'ils acceptaient trois conditions. La première, les Tibétains voulaient prendre dix Chinois en otages, qu'ils tueraient si l'Armée de libération tuait encore de leurs gens ; deuxièmement, ils voulaient que les Chinois retournent dans leur pays et n'avancent plus d'un pas vers l'ouest ; et troisièmement, les Chinois devaient abandonner leurs armes et leur équipement, camions inclus.

L'opérateur radio dit que devoir rentrer à pied sans nourriture et sans eau équivalait à mourir. Zhuoma lui répondit que les Tibétains étaient prêts à leur laisser de la viande séchée.

Pendant tout ce temps, le commandant de la compagnie était resté silencieux. Il demanda alors à Zhuoma de retourner parler aux Tibétains et d'obtenir que lui et ses hommes s'entretiennent avec eux.

Zhuoma revint sans tarder. « Ils acceptent. Vous devez poser vos armes sur le sol et aller par là. »

Le commandant enleva sa ceinture et la posa doucement sur le sol, puis il se tourna pour s'adresser à ses hommes :

« Tous les membres du Parti, posez vos armes sur le sol comme moi, puis suivez-moi là-bas. Les autres, vous restez ici. »

Vingt à trente soldats quittèrent la foule silencieuse, sous l'œil des Tibétains. Quelques minutes plus tard, certains des hommes rejoignirent les rangs, mais douze d'entre eux étaient restés avec le commandant. Celui-ci demanda à Zhuoma de dire aux Tibétains que, bien qu'ils aient demandé dix otages, douze membres du Parti désiraient rester et vivre ou mourir ensemble. Ils auraient donc douze otages. Visiblement émus par le sacrifice des deux hommes, les Tibétains donnèrent aux Chinois non seulement la viande séchée promise, mais quelques outres d'eau et des couteaux.

Les deux femmes restèrent avec les Tibétains. Wen avait un peu parlé à Zhuoma de sa quête de Kejun et de son désir d'aller vers le Qinghai au nord. Grâce à Zhuoma, le chef des Tibétains avait accepté de les laisser accompagner ses hommes vers l'ouest. Quand il serait temps d'aller vers le nord, il leur donnerait un guide. Wen était en croupe derrière Zhuoma sur un des chevaux tibétains, s'accrochant à sa taille ; elle lui a demandé comment elle avait fait pour négocier avec les Tibétains. Zhuoma lui a expliqué que les parures qu'elle portait la désignaient comme propriétaire d'un domaine. Même si les Tibétains appartenaient à nombre de clans différents, chacun avec sa culture et ses coutumes, tous vénéraient le Bouddha et tous les chefs avaient des ornements identiques comme symboles de leur pouvoir. Le chef des Tibétains avait immédiatement reconnu son statut. Elle était contente d'avoir été en mesure d'user de son pouvoir pour aider Wen, car elle devait la vie à la *menba* chinoise.

Le groupe a continué à se diriger vers l'ouest pendant quatre jours et demi. Le chef est alors venu trouver Zhuoma et lui a dit que si elles voulaient toujours aller au Qinghai, c'était ici qu'elles devaient prendre la direction du nord. Ils venaient de s'arrêter pour préparer de la nourriture et de l'eau pour elles quand trois messagers à cheval ont surgi à bride abattue pour les avertir de l'arrivée d'une troupe chinoise. Le chef tibétain a ordonné sur-le-champ à ses hommes de cacher leurs chevaux dans les sous-bois tout proches et Zhuoma les a suivis avec leurs montures.

Dans les fourrés, Wen ne pouvait s'empêcher d'être émue à l'idée de croiser les forces chinoises de façon aussi inattendue. Toutefois, son enthousiasme a vite été refroidi en voyant la fureur se peindre sur les visages des Tibétains, et les douze otages chinois conduits dans un défilé de la montagne. Terrifiée, elle a vu un détachement de la cavalerie chinoise poursuivre et tuer les quelques Tibétains qui ne s'étaient pas cachés assez vite. On tirait de partout. Des hommes tombaient de leurs chevaux, le sang giclait. Tremblant devant cette scène macabre, Wen s'est emparée de la main de Zhuoma. La main de la Tibétaine était toute crispée.

Une faible lumière tombait du ciel. Quand le chef tibétain a fini par donner l'ordre de bouger, il faisait nuit noire. Wen sentait l'anxiété dans le corps de Zhuoma qui poussait son cheval, de peur de se laisser distancer par le groupe. Mais le vent et les ténèbres se sont unis pour les séparer de leurs compagnons. Comme elles avançaient péniblement dans la tempête, le cheval a soudain émis un long gémissement de frayeur et les a jetées à terre. Quelques instants plus tard, elles ont entendu le bruit sourd que faisait son corps en s'écrasant au fond d'un ravin. En les jetant à bas, il les avait loyalement sauvées d'une mort certaine. Etourdies, elles se sont cramponnées l'une à l'autre dans le vent violent, surprises d'être encore en vie. Les paroles de Wang Liang ont traversé l'esprit de Wen : « La guerre ne vous laisse pas le loisir d'étudier et pas la moindre chance de vous adapter. »

4

Une famille tibétaine

Wen, entre la vie et la mort, se contraignit à ouvrir les yeux. Elle gisait sur le sol, mais elle avait chaud et était bien installée. Un rai de forte lumière tombait sur elle, l'empêchant de distinguer ce qui l'entourait. A grand-peine, elle bougea son corps alangui. Son corps était bien là en entier, mais sa tête était étrangement absente.

« Est-ce le soleil du monde des hommes, s'est demandé Wen, ou le saint rayonnement du Ciel ? »

Un visage familier s'est penché sur elle.

« Comment te sens-tu, *menba* ? » C'était Zhuoma.

Zhuoma ? Wen revenait dans le monde des vivants. « Où sommes-nous ?

— Sous la tente d'une famille nomade. Heureusement pour nous, nous avions atteint le bord des terres où ils passent l'hiver. Tu t'es effondrée. Je ne sais pas ce que j'aurais fait si Gela, le chef de famille, ne nous avait pas remarquées. »

Wen a essayé de s'appuyer sur les coudes.

« Ne bouge pas, lui a conseillé Zhuoma. Ils ont mis une pommade sur ton front. Comment te sens-tu ?

—Mon sac… » Wen a tâté le sol des mains en quête du sac qu'elle avait porté si précautionneusement depuis Zhengzhou.

« Perdu, a dit Zhuoma. Mais le livre que tu gardais dans ta poche est là. Je l'ai mis sous ton oreiller. Il doit t'être très précieux. Même inconsciente, tu t'y cramponnais. »

Une fillette de onze ou douze ans est entrée dans la tente avec un bol de terre cuite qu'elle a tendu d'une main timide à Zhuoma avant de s'éclipser. Zhuoma a expliqué à Wen que le bol contenait de l'eau fraîche, et que c'était l'une des filles qui venait de l'apporter. Le reste de la famille était dehors en train de vaquer à ses tâches. Ils avaient l'intention de partir pour les pâturages de printemps bientôt, mais en attendant Wen pouvait rester ici et se reposer.

« Mais comment pourrais-je m'imposer à ces gens ? a demandé Wen. Ils ont sûrement assez de difficultés comme ça sans s'encombrer d'une malade.

— Les Tibétains sont des hôtes accueillants, a dit Zhuoma avec calme, qu'ils soient riches ou pauvres. C'est la tradition de notre pays. » Puis elle est sortie parler avec la famille.

Dès qu'elle a été partie, Wen a ouvert son livre d'essais de Liang Shiqiu et en a sorti la photographie de Kejun. Au sein de toute cette étrangeté, il lui souriait. Elle a alors regardé cette étonnante habitation dans laquelle elle se trouvait. Les quatre côtés de la tente étaient faits de grands morceaux d'une toile épaisse tissée à partir de poils d'animaux et reposant sur de robustes piliers de bois. En son faîte, une lucarne pouvait être ouverte ou fermée au moyen d'un rabat. C'était là la source de ce rayon de lumière qui l'avait aveuglée quand elle s'était éveillée. Elle a suivi des yeux les volutes de fumée qui s'enroulaient dans la lumière. Elles provenaient d'un simple fourneau au milieu de la tente. A côté, il y avait un soufflet et des piles de bols aux couleurs vives, des assiettes et des cruches ainsi que quelques ustensiles que Wen ne connaissait pas. Sur l'un des côtés de la tente, elle a distingué ce qui devait être l'autel de la famille. Sur une table où s'empilaient des objets religieux était accrochée l'image d'un Bouddha tibétain rehaussée de brocart coloré. Sur la droite, un grand objet cylindrique en bronze était posé. Plus loin, un tas de couvertures, de tapis, d'édredons et de vêtements. Et de l'autre côté de l'autel, étaient entassés des sacs bourrés de quelque chose qui sentait comme de la bouse animale. La porte de la tente, faite d'un rabat, était si basse qu'un adulte ne pouvait la franchir qu'en se baissant. De chaque côté, était rangé tout un assortiment d'ustensiles ménagers et de harnachements pour les animaux.

De son lit à même le sol, Wen a fait des conjectures sur ses hôtes, mais elle n'aurait su dire, en tenant compte des nombreuses décorations en argent et en or, des outils cabossés, de l'abondance de bols et de cruches et de la literie, si la famille était aisée ou non. Tout lui semblait nouveau et étrange, et surtout l'odeur particulière du mélange de bouse, de sueur et de peau animale.

Elle pouvait distinguer le bruit de pas à l'extérieur de la tente et, pour la première fois de sa vie, Wen a senti combien il était paisible d'avoir l'oreille collée à l'herbe et d'entendre le pas des hommes. Quand Zhuoma est revenue, elle était entourée d'une foule de gens de toutes tailles et de tous âges. Wen gisait là à regarder leurs visages étrangers, la tête lui tournait.

Zhuoma lui a présenté leurs hôtes. Il y avait Gela, le chef de famille, sa femme Saierbao et son frère, Ge'er. La famille comptait six enfants, mais quatre seulement étaient présents car deux des fils étaient entrés dans un monastère. Wen trouvait difficile de retenir les noms tibétains des six enfants. Ils lui semblaient encore plus indéchiffrables que les noms latins du dictionnaire médical qu'elle n'avait jamais réussi à mémoriser. Zhuoma lui a expliqué que chacun d'eux contenait une syllabe du mantra sacré que chaque Tibétain prononçait des centaines de fois par jour, *Om mani pedme hum.* Elle a suggéré à Wen d'appeler chaque enfant par une syllabe du mantra : soit Om pour le fils aîné et Ma pour le second fils, qui était au monastère. Les deux filles seraient Ni et Ped. Et Me serait l'autre fils parti au monastère ; le plus jeune enfant, Hum. Wen a demandé à Zhuoma de remercier la famille pour elle et a noté leurs sourires timides quand son amie a traduit ses propos.

Pendant les semaines qui ont suivi, Gela et sa gentille épouse Saierbao ont soigné Wen ; ils lui donnaient du thé au lait mélangé à des herbes médicinales, et elle a recouvré la santé. Zhuoma lui a dit que la famille avait remis sa transhumance vers les pâturages de printemps à plus tard, quand Wen serait assez forte pour supporter le voyage.

Les deux femmes discutaient longuement de la façon dont elles devraient s'y prendre dans leurs recherches. Zhuoma pensait qu'il valait mieux rester avec la famille jusqu'à ce que le temps soit plus clément. Avant l'été, elles auraient toutes deux appris à survivre dans la nature, et la famille aurait constitué une réserve de nourriture suffisante pour leur céder des provisions de bouche et deux chevaux. Wen s'inquiétait de cette longue attente. Que pouvait-il arriver à Kejun pendant ce temps-là ? Mais Zhuoma l'a rassurée. La famille avait l'intention de prendre la direction du nord pour trouver des pâturages de printemps. Peut-être rencontreraient-ils pendant ce voyage d'autres nomades ou voyageurs qui pourraient leur donner des nouvelles de Kejun et Tienanmen.

Wen n'avait plus qu'à accepter sa situation, même si, allongée sans force dans son lit, incapable de rejoindre Zhuoma qui aidait la famille dans ses tâches, incapable de converser puisqu'elle ne parlait pas leur langue, les jours lui semblaient interminables. Pendant sa convalescence, elle observait la vie quotidienne de la famille. Le déroulement rigoureux des journées, qui semblaient suivre un schéma inchangé depuis des générations, ne cessait de l'étonner. Chacun vaquait à ses occupations en recourant à très peu de mots. Tout le monde semblait connaître sa place et les jours étaient emplis à craquer de travaux à accomplir.

Gela et Ge'er, assistés par le fils aîné Om, étaient responsables des travaux à l'extérieur de la maison, tels que faire paître les troupeaux de yaks et de moutons, abattre les bêtes pour la viande, tanner les peaux et réparer les outils et la tente. Zhuoma lui dit que c'étaient eux qui quittaient périodiquement la famille pour se procurer les choses dont ils avaient besoin. Saierbao et ses deux filles faisaient la traite, barattaient le lait pour le beurre, préparaient les repas, allaient chercher l'eau et façonnaient les galettes de bouse qui servaient de combustible pour cuisiner et éclairer la tente. Elles tissaient aussi et fabriquaient de la corde.

Wen était pleine d'admiration pour les activités traditionnelles qui permettaient à la famille de vivre en autarcie, mais elle était écrasée par le sentiment de son ignorance. Le simple fait de manger avec eux impliquait d'apprendre toute une série de nouvelles règles. A part les ustensiles pour la cuisine, il n'y avait ni fourchettes, ni cuillères ou baguettes dans la tente. Le seul outil qu'ils utilisaient pour manger était un couteau de dix centimètres de long qui pendait à leurs ceintures. La première fois que Wen avait essayé de s'en servir pour couper un morceau de mouton, elle avait failli se transpercer la main. Les enfants, curieux et amusés, qui s'étaient assemblés autour d'elle comme pour observer un animal joueur, avaient ouvert de grandes bouches horrifiées.

La famille mangeait trois fois par jour le même repas. Le matin, ils « suçaient le *jiaka* ». Une pâte faite de farine d'orge grillé et de lait caillé était chauffée sur le fourneau et placée sur un des côtés du bol. On versait ensuite du thé au beurre dans l'autre portion du bol. En buvant son thé, la famille tournait les bols de façon à ce que le thé absorbe le *jiaka,* le dissolvant graduellement. On n'avait pas besoin de couverts. La première fois qu'on a donné à Wen son petit déjeuner, elle a bu tout le thé d'un seul coup puis a demandé à Zhuoma comment manger le *jiaka.* Toutefois, l'habitude prise, elle a aimé cette sensation de boire en partie et de manger en partie, et a trouvé une façon de ne pas se brûler la bouche.

Le repas du midi était « mixte ». Il comprenait de la *tsampa* faite avec de la farine d'orge grillé, du beurre et du lait caillé. Tenant le bol d'une main, on utilisait l'autre pour rouler les ingrédients en petites boules. « Frottez d'abord, tournez ensuite et attrapez », se répétait-elle. Le repas du midi était toujours très abondant ; en plus de la *tsampa* et du thé au beurre, il y avait de la viande séchée bouillie à l'os dont chacun découpait des morceaux avec son couteau. Le petit Hum montra à Wen comment déchirer des morceaux avec les mains et les ronger. Il y avait aussi de délicieux beignets frits dans du beurre. Wen voyait bien que c'était un repas important pour tout le monde ; il durait parfois jusqu'à deux heures et la famille, habituellement peu loquace, passait un certain temps à bavarder. Le soir, on mangeait de la viande et de nouveau de la farine d'orge, mais cuite en une sorte de bouillie qui rappelait à Wen la soupe *hula* qu'elle mangeait à Zhengzhou.

Les repas étaient si nourrissants et si sains que la peau crevassée de Wen a guéri et que ses joues retrouvaient chaque jour un peu plus de couleurs. Elle sentait son corps reprendre des forces et sa peau s'endurcir comme si elle s'adaptait aux vents féroces, au froid et au soleil vif. La famille semblait accepter sa présence, mais ils n'essayaient jamais de lui parler. Ils ne s'adressaient qu'à Zhuoma, qu'ils semblaient craindre. Zhuoma lui racontait ensuite de quoi ils avaient parlé. Exclue de toute conversation, Wen se sentait comme un des animaux de la famille : protégée, traitée avec douceur, abreuvée et nourrie, mais exclue du monde des hommes.

Les pratiques religieuses de la famille la faisaient se sentir encore plus étrangère. Ils priaient constamment, marmonnant le mantra *Om mani pedme hum* tout bas en travaillant. Ils se réunissaient fréquemment pour prier ; le père, Gela, tournait le lourd cylindre de bronze au-dessus de l'autel à l'aide d'une corde et dirigeait les incantations des siens qui faisaient tournoyer de petites roues fichées sur des bâtons. Zhuoma expliqua à Wen que le grand cylindre et les petites roues étaient des moulins à prières. Wen dépendait de Zhuoma pour toute explication et rendait constamment grâce d'avoir eu la bonne fortune de rencontrer une femme aussi courageuse et intelligente. Sans elle, elle n'aurait jamais rien compris à ces gens qui, avec leur sens profond de la spiritualité et leur autonomie insouciante, étaient aussi différents des Chinois que le ciel de la terre.

Des malentendus, pourtant, survenaient fréquemment. Pendant les rares moments où Wen se trouvait seule, elle sortait la photographie de Kejun et caressait son visage souriant. Un jour, le garçon Hum entra dans la tente alors qu'elle avait la photographie en main. Il jeta un œil dessus et ressortit en courant et hurlant de terreur. Eperdue, Wen alla trouver Zhuoma pour lui demander ce qui avait pu effrayer le garçon à ce point. Zhuoma lui expliqua qu'il ne savait pas ce qu'était une photographie et qu'il avait eu peur de l'homme qui « dormait » dedans.

Le jour arriva où la famille jugea que Wen était assez forte pour qu'ils puissent partir. Le matin du départ, Wen s'éveilla à l'aube pour voir les ombres de Gela et Saierbao s'agiter dans la faible lumière. Elle vit que de nombreuses affaires de la tente avaient été roulées et emballées pour que les yaks les transportent. Comme elle ne savait pas encore monter à cheval, le frère de Gela, Ge'er, avait fabriqué pour elle une sorte de selle en forme de chaise avec un dossier rond où mettre quelques bagages, pour qu'elle ne tombe pas de cheval si elle s'endormait. Il lui a fait comprendre par gestes qu'il prendrait les rênes.

Le chemin qu'ils suivirent était très ardu. Parfois les orages les obligeaient à faire halte et ils devaient se réfugier au milieu du troupeau de yaks. La nuit, ils dormaient à la belle étoile à l'abri de la neige et du vent derrière des rochers. Ils ne rencontrèrent pas âme qui vive. Wen se demandait quels « bandits » l'Armée de libération avait bien pu poursuivre dans cette zone déserte.

L'altitude, la chevauchée et la nourriture inhabituelles minant ses forces et son courage, elle était plongée dans un état dépressif. Kejun souffrait-il comme elle ? Et comment ferait-elle pour le trouver dans ces étendues glaciales alors qu'elle ne parlait pas la langue et ne pouvait survivre seule et sans moyen de transport ? Elle avait perdu toute notion du temps. Les jours se succédaient, tous semblables, et elle n'aurait su dire depuis combien de temps ils voyageaient.

Quand ils ont fini par atteindre leur destination, Zhuoma lui a expliqué qu'ils se trouvaient près des montagnes Bayan Khar et qu'ils allaient installer leur campement de printemps dans une prairie luxuriante près du fleuve Yalong. Pendant une demi-journée, Gela et ses fils ont enfoncé des piquets, tendu des toiles et affermi des cordes. Une fois la tente dressée, Saierbao et ses filles ont disposé habilement leurs ustensiles. Wen était assise près des ballots, les aidant maladroitement à effectuer de petites tâches. Alors qu'elle s'apprêtait à tendre un moulin à prières à Saierbao, Zhuoma s'est précipitée pour l'en empêcher, en lui expliquant que les étrangers ne devaient pas toucher les objets de culte.

Selon ses coutumes, après avoir dressé son campement, la famille fêtait l'événement en mangeant de la viande, de la *tsampa*, des beignets frits dans du beurre, et en buvant de la bière d'orge. Comme elle l'avait fait pendant le voyage, Saierbao a préparé du thé au beurre médicinal pour Wen. Après le festin, Gela a dirigé la prière. Cette nuit-là, quand ils ont tous été couchés sur le sol, Wen calée entre Zhuoma et la fille Ni, Zhuoma a murmuré à son oreille que, en plus de prier pour que les yaks et les moutons grossissent, Gela avait demandé aux esprits de protéger Wen. Wen était profondément émue, et quand elle a pensé que personne n'écoutait, elle a récité elle-même le mantra bouddhiste, *Om mani pedme hum.*

Le lendemain, aidée par Saierbao, Wen a revêtu pour la première fois une robe tibétaine. C'étaient des vêtements de jeune fille que Saierbao avait portés avant son mariage : un ensemble de sous-vêtements blancs d'un tissu rêche, une chemise sans col à manches longues qui se fermait sur le côté, et des pantalons richement décorés et resserrés à la cheville. Par-dessus, Wen a enfilé une robe à grandes rayures bleues, roses et pourpres qui lui tombait jusqu'aux pieds. Saierbao lui a montré comment l'attacher avec une large ceinture de brocart. Puis elle a noué sur le devant un morceau de tissu rayé aux couleurs de l'arc-en-ciel qui ressemblait à un tablier. Wen était encore très faible et, pour la protéger des vents de montagne, Saierbao lui a donné un gilet en mouton à col haut et des bottes de feutre. Les bottes étaient beaucoup trop grandes, mais Zhuoma a déclaré que cela n'avait pas d'importance : par temps froid, on pouvait ainsi fourrer une épaisse couche de laine de yak dedans.

Finalement, Saierbao a attaché une amulette de jade autour du poignet de Wen et lui a passé un rosaire de boules de bois autour du cou. « Il te protégera, a expliqué Zhuoma. Il empêchera le mal de t'approcher et repoussera les fantômes. » Puis elle lui a souri et mis elle-même, en silence, un collier de perles de cornaline autour du cou.

Saierbao a fait signe à Wen de s'asseoir et, debout devant elle, elle lui a partagé les cheveux en deux pour lui faire des nattes. La plus jeune des filles, Ped, qui se tenait à son côté, a alors fait signe à Wen de se regarder dans un bol d'eau qu'elle avait apporté à cet effet. Wen n'en a pas cru ses yeux ; mis à part le fait que ses nattes étaient trop courtes car ses cheveux ne lui atteignaient que les épaules, elle avait l'air d'une véritable Tibétaine. Elle a fourré son précieux livre contenant la photo de Kejun et le papier de sa sœur dans la grande poche de sa robe tibétaine.

Quelques jours plus tard, Wen a remarqué que quelqu'un avait déposé un ballot de vêtements dans le coin où elle dormait. C'était son uniforme, lavé et reprisé. Wen a été si touchée par ce geste qu'elle n'a su quoi dire. Elle a pris les vêtements dans ses deux mains, a humé l'odeur que le soleil du haut plateau y avait imprégnée, et s'est inclinée profondément devant Saierbao.

Selon Zhuoma, pour les Tibétains, il n'y avait que deux saisons, l'été et l'hiver, car le printemps et l'automne étaient très courts au Tibet. Mais ce printemps-là fut une longue saison dans la vie de Wen ; elle passa de nombreuses nuits sans dormir, à penser à Kejun et à se demander ce que serait son avenir. Elle ne se voyait pas continuer à vivre dans des conditions aussi dures, ni apprendre une langue qui lui semblait tout à fait impénétrable.

Elle savait qu'il devait y avoir d'autres familles nomades dans la région, car Zhuoma lui avait dit que Gela et Ge'er rencontraient d'autres gardiens de troupeaux quand ils se rendaient aux pâturages, mais pour l'instant ils n'avaient vu personne. Elle commençait à se demander si Zhuoma ne s'était pas trompée en croyant qu'elles auraient l'occasion d'obtenir des renseignements sur Kejun et Tienanmen. Zhuoma et elle étaient tellement absorbées par leurs efforts pour s'adapter à la vie nomade que chacune vivait dans son monde à elle et qu'elles parlaient rarement du futur. Pourtant, en dépit de sa solitude, Wen ressentait une grande tendresse pour la famille, et particulièrement pour Saierbao.

Le visage de Saierbao était tellement buriné qu'il était difficile de lui donner un âge, mais Wen pensait qu'elle devait avoir trente ans environ. C'était une femme extrêmement calme et digne, qui semblait accomplir toutes ses corvées ménagères, aussi ardues et exténuantes soient-elles, avec un vif plaisir. Elle ne criait ni ne rouspétait jamais. Si quelqu'un renversait de la *tsampa* qu'elle venait de faire ou son thé au beurre, elle ne se mettait pas en colère. Au pire, elle pinçait les lèvres et souriait brièvement comme si elle s'y était attendue. Saierbao aimait les bijoux et se drapait dans des tissus précieux même les jours ordinaires ; avec ses colliers, bracelets et parures d'agate, de turquoise, d'or et d'argent autour de la taille, elle ressemblait à un carillon multicolore. Wen ne voyait Saierbao se reposer que très rarement ; on l'entendait tinter dès que les premiers rayons du soleil s'infiltraient sous la tente ; la nuit, quand cessait son tintement, c'était le signal pour toute la famille de dormir. Wen s'imaginait vivre avec Kejun et effectuer en sa compagnie les tâches quotidiennes à la façon de Saierbao : porter et élever des enfants, travailler ensemble dans l'harmonie. Mais la nuit, dès que la dernière note du concert journalier de Saierbao s'éteignait, Wen était subitement ramenée à sa solitude et à sa nostalgie, et son visage se couvrait de larmes.

Gela semblait plus vieux que Saierbao. Il parlait peu, mais c'était le porte-parole de la famille. Selon l'un des mythes chinois populaires sur les Tibétains, les hommes étaient de grands gaillards, mais Gela n'était pas plus haut que sa femme, ni gros ni maigre. Son visage n'était ni humble ni arrogant, ni heureux ni coléreux, mais il donnait l'impression qu'on pouvait compter sur lui, même s'il n'était pas facile à comprendre. Jusqu'aux animaux, avait découvert Wen, qui reconnaissaient la dignité et l'autorité de Gela ; aucun mouton ne s'écartait, aucun cheval ne refusait de soulever son sabot pour lui. Tout le monde, hommes et animaux, obéissait aux signes de Gela ; c'était un père de famille modèle.

Ge'er n'était pas beaucoup plus jeune que Gela. Ils se ressemblaient, même si Ge'er était plus mince. Wen se demandait s'il était muet. Il ne parlait jamais, même pas quand il jouait avec Hum, le plus jeune des enfants, qu'il aimait beaucoup. Zhuoma avait raconté à Wen qu'elle avait entendu Saierbao dire que Ge'er était le meilleur artisan de la famille, et Wen le voyait souvent réparer des outils avec une concentration extraordinaire.

Une nuit, le soir venait de tomber, Wen décida de prendre son courage à deux mains, d'affronter la tempête, et elle sortit pour se soulager. Quand elle rentra sur la pointe des pieds, elle fut stupéfaite de voir Saierbao sous l'édredon avec Ge'er, dans les bras l'un de l'autre. Elle resta là un instant, incapable de bouger, à les regarder dormir.

Depuis qu'elle vivait avec la famille de Gela, Wen s'était peu à peu habituée à partager un lit commun avec tous, hommes et femmes. Elle n'arrivait pas à comprendre comment mari et femme menaient leur vie sexuelle au vu de tous, mais elle savait que de nombreux peuples avaient vécu ainsi pendant des siècles. Il ne lui avait jamais traversé l'esprit que la digne et calme Saierbao pouvait avoir une relation avec un autre homme que son mari juste sous le nez de ce dernier. Vivre avec son mari, avait-elle envie de crier à Saierbao, est la chose la plus précieuse, la plus merveilleuse du monde. Elle ne cria pas, bien sûr, mais ne réussit pas à se rendormir.

Le lendemain, Wen était embarrassée par sa découverte. Elle ne savait pas comment regarder

Saierbao et Ge'er, et elle a essayé de les éviter. Tout le monde a remarqué que quelque chose n'allait pas, mais a présumé qu'elle avait le mal du pays. Ni ne cessait de tirer Zhuoma vers Wen pour qu'elle la persuade de lui dire ce qui ne tournait pas rond, mais Wen se contentait de rougir et elles ne sont pas arrivées à tirer d'elle le moindre mot. Zhuoma savait que Wen fixait souvent le vide pendant le jour et pleurait la nuit, mais elle pensait que son air distrait était dû à son désir de revoir Kejun et elle n'osait pas l'embarrasser par ses questions.

Au bout de quelques jours, Wen s'était un peu remise. Quand elle observait Saierbao et Ge'er ensemble, elle voyait bien qu'ils se comportaient comme si de rien n'était. Elle aurait aimé savoir s'ils étaient vraiment amoureux ou si leur accouplement ne procédait que d'un simple besoin physique, mais elle avait honte de sa propre curiosité. Saierbao n'était plus à ses yeux un parangon de vertu. Pour Gela – qui se laissait voler sa femme sous son nez –, elle ressentait de la pitié ; quant à Ge'er – qui vivait sous le toit de son frère mais passait outre les règles morales les plus élémentaires –, il lui inspirait du dégoût.

Un jour, le cinquième enfant de la famille, Me, est venu au campement à cheval avec un groupe de lamas de son monastère. Ils étaient partis chercher dans les montagnes des pierres colorées qui, réduites en poudre, serviraient de pigments pour les peintures religieuses. Des nomades lui avaient dit que sa famille n'était pas loin. Quand il a aperçu Saierbao et Ge'er, il a galopé vers eux en criant : « Mère, père ! » Comme Gela travaillait loin de la tente ce jour-là, Wen a cru qu'elle avait mal entendu. Son tibétain se limitait encore à quelques mots. Mais Zhuoma, qui avait pris la batte à baratter des mains de Saierbao, a dit avec un soupir : « Son père et sa mère doivent manquer terriblement à Me. Tous les enfants qui quittent la maison pour le monastère ont la nostalgie de leur famille.

— Oui. Quel dommage que son père ne soit pas là ! a ajouté Wen, compatissante.

— Oh ! a dit Zhuoma avec un sourire, cela n'a pas d'importance. Pour les enfants tibétains, tous leurs pères se valent.

— Que veux-tu dire ? a demandé Wen, surprise. Zhuoma, veux-tu dire que Gela et Ge'er sont… ? » Elle s'est emparée de la batte, obligeant Zhuoma à s'arrêter.

Zhuoma était stupéfaite de la réaction de Wen, mais elle a soudain compris : « Tu ne savais pas que Gela et Ge'er étaient tous deux mariés à Saierbao ? »

Wen était encore plus confuse : « Saierbao a deux maris ?

— Oui, c'est la coutume au Tibet. Une femme peut avoir plusieurs maris. Tu ne m'as jamais posé la question et j'ai cru que tu avais compris en entendant les enfants s'adresser à eux. »

Zhuoma a passé la batte à Ni, qui se tenait tout près, intriguée de les voir parler chinois entre elles, et elle a poussé Wen à l'écart.

« Je comprends que ce soit difficile pour toi. Vivre ici, pour toi, c'est Pékin pour moi. Si je n'avais pas visité la Chine, je penserais encore que le monde entier vit sur un plateau montagneux enneigé. »

Maintenant qu'elle s'expliquait l'« adultère » de Saierbao, Wen avait honte de son ignorance ; elle l'avait mal jugée. Elle n'a pas dit à Zhuoma que son humeur maussade venait de ce qu'elle avait vu quelques nuits plus tôt.

Wen a été déçue d'apprendre que Me et ses camarades lamas ne savaient rien du conflit entre les Chinois et les Tibétains, et qu'ils n'avaient pas rencontré le moindre soldat chinois. Juste avant qu'ils repartent, Wen a demandé à Zhuoma si Me pouvait lui céder deux petits morceaux de pierre colorée. Ce soir-là, elle en a utilisé un pour écrire une lettre à Kejun au dos de sa photographie.

Jun chéri,

J'espère que tu vas bien. Je ne veux écrire qu'un seul mot. Désolée. Désolée pour toi, car je ne t'ai pas encore trouvé. Désolée pour moi, car je ne peux pas mener seule des recherches sur ce plateau. Désolée pour Zhuoma et cette famille tibétaine, car je n'ai aucun moyen de les remercier.

La couleur de la pierre était très pâle, et elle appuyait si fort que ses mots se sont gravés sur le visage souriant de Kejun. Elle s'est souvenue du cahier et du crayon que Wang Liang lui avait donnés à Zhengzhou, maintenant enfouis avec son sac, quelque part dans un défilé. « Ecrire peut être une source de force », avait dit Wang Liang. Elle avait le sentiment que son bref message à Kejun lui avait donné du courage pour affronter les épreuves qui l'attendaient.

La brève visite de Me a fait réfléchir Wen à la vie des enfants tibétains. Cela avait dû être très dur pour lui de quitter sa famille si jeune, et Saierbao devait ressentir profondément son absence.

Zhuoma lui a dit de ne pas s'inquiéter :

« Les Tibétains laissent partir leurs enfants très facilement. Le Tibet entier n'est qu'un gigantesque monastère. Toutes les familles qui ont plus de deux fils doivent en envoyer au moins un au monastère pour qu'il devienne lama. C'est une preuve de leur dévotion, mais cela donne aussi à l'enfant une éducation et soulage les familles. Il y a un proverbe tibétain qui dit : “Le beurre de yak est un bien qui dure plus longtemps qu'un fils”, parce qu'un yak appartient à la famille, mais un fils peut aisément partir pour le monastère. »

Les enfants tibétains avaient-ils droit à une enfance ? s'est demandé Wen. Elle avait noté que, mis à part les vêtements et les chapeaux, il n'y avait pratiquement pas d'objets qui leur étaient réservés. Elle a demandé à Zhuoma de faire parler Ni : comment était-ce quand elle était plus petite, avait-elle jamais eu des jouets ?

« Oui », a répondu Ni. Gela lui avait fabriqué des tas de jouets avec de l'herbe ou des queues séchées de chèvres, mais ils avaient dû les abandonner quand ils étaient partis pour la transhumance. Il leur avait aussi fabriqué des animaux en bois pour leurs anniversaires.

Le plus âgé des fils, Om, n'était plus un enfant. Il devait avoir environ dix-huit ans et passait la journée à travailler en silence avec Gela et Ge'er. Il ne savait pas lire, mais il jouait merveilleusement du luth tibétain et chantait bien. Chaque soir au crépuscule, quand la famille s'occupait de ses petites affaires personnelles telles qu'attraper les poux dans les robes et les cheveux, se laver ou préparer le couchage, Wen l'entendait chanter. Elle n'a jamais su ce que disaient ses chansons, car elle ne pouvait communiquer avec Om, mais elle avait l'impression qu'il s'agissait de l'amour d'un homme pour une femme. Le chant d'Om ravivait toujours son désir de voir Kejun, comme si les ondes de la musique avaient le pouvoir de le faire surgir de sa cachette. Wen s'étonnait de ce qu'un garçon de dix-huit ans isolé de tout pût créer des mélodies aussi évocatrices.

La plus âgée des filles, Ni, venait d'atteindre la puberté et c'était la plus enjouée de la famille. Elle ressemblait à une jolie petite clochette, capable de faire se tordre de rire ses parents généralement taciturnes. Mais Ni pleurait toujours en secret la nuit. Au début, Wen croyait que Ni avait des cauchemars. Cependant, quand elle a essayé de la réveiller, elle s'est rendu compte que celle-ci ne dormait pas. Wen ne comprenait pas comment la fillette qui était allongée près d'elle pouvait être aussi différente le jour et la nuit. Il y avait une sorte de désespoir dans les yeux de Ni. Wen s'interdisait de penser à cela. Elle essayait elle-même de combattre son propre désespoir et refusait d'y succomber même lorsque, dans ses pires cauchemars, elle voyait Kejun couvert de sang. Elle se demandait ce qui pouvait rendre cette petite fille jolie comme une fleur si malheureuse.

La jeune sœur de Ni, Ped, était si calme qu'on se rendait à peine compte de sa présence. Néanmoins, elle était toujours là prête à donner un coup de main, à passer à sa mère ou à sa sœur ce qu'elles cherchaient. Si, après le repas du soir, on voyait Ped en train de pousser leurs affaires vers le bord de la tente pour arrêter les courants d'air, Saierbao distribuait à chacun une couverture supplémentaire pour la nuit et, immanquablement par la suite, Wen entendait le vent souffler au-dehors de la tente. Etonnée par les dons de prédiction de Ped, Wen était parfois tentée de demander à Zhuoma si Ped avait une idée de l'endroit où se trouvait Kejun. Mais elle craignait trop ce que celle-ci pourrait lui révéler. Elle n'osait pas prendre le risque d'apprendre quelque chose qui réduirait à néant son espoir de le retrouver.

Le petit Hum semblait avoir huit ou neuf ans. Curieux de tout, il aimait la compagnie. Wen l'observait souvent avec Om, qui lui apprenait à jouer du luth. Om lui montrait comment placer les doigts et pincer les cordes en attachant les doigts du petit garçon aux siens. Hum aimait aussi tirer sur la batte à baratter le beurre que tenait sa mère, et Saierbao n'avait plus qu'à placer une pile de sacs de bouse sous ses pieds pour qu'il puisse voir comment manier la batte dans le lait. Il lui arrivait de se lancer au milieu d'un troupeau de moutons que sa mère essayait de rassembler, imitant les gestes de son père, lançant le lasso et hurlant après les animaux. Zhuoma lui avait dit que Hum était impatient d'entrer au monastère comme ses deux frères. Wen ne comprenait pas comment un petit garçon qui n'était jamais parti de chez lui pouvait avoir envie de devenir lama. Elle avait remarqué que Hum priait avec une dévotion très sérieuse pour son âge. Une telle maturité chez un garçon qui ne mesurait pas encore un mètre, avait-elle pensé, devait être le signe d'une véritable vocation spirituelle.

Chaque jour, Wen notait des détails surprenants dans la façon de vivre des Tibétains, et les différences entre les coutumes tibétaines et chinoises ne cessaient de l'étonner. Un jour, elle découvrit que c'étaient Gela et Ge'er, et non Saierbao, qui faisaient tous les travaux d'aiguille de la famille. La première fois qu'elle trouva Ge'er en train de coudre une robe, elle n'en crut pas ses yeux.

« Zhuoma, cria-t-elle, viens vite voir ! Que fait Ge'er ? »

Saierbao, qui était toute proche, ne comprit pas la réaction de Wen. Qu'y avait-il de si extraordinaire à ce que les hommes fassent la couture ? Zhuoma lui expliqua que les Chinois touchaient rarement une aiguille, que coudre et repriser étaient l'affaire des femmes.

Ni se mit à rire en entendant cela : « Les femmes, coudre ? dit-elle à sa mère. Incroyable ! »

Saierbao secoua la tête, partageant l'incrédulité de sa fille.

Ainsi, c'étaient les doigts épais des hommes qui s'occupaient des vêtements de toute la famille et de la literie ; même Om savait faire un ourlet décent. Ge'er était particulièrement doué et Wen apprit que c'était lui qui avait confectionné pratiquement tous les vêtements de cérémonie que possédait la famille.

Zhuoma lui expliqua que les vêtements des premiers habitants du Tibet étaient faits de peaux et de fourrures d'animaux qu'il fallait assembler avec un fil très épais. Seuls les hommes avaient la force nécessaire pour utiliser ces grosses aiguilles de bourrelier et ce fil épais comme de la corde ; les femmes pouvaient maintenant coudre, mais la vieille tradition se perpétuait.

Wen était désireuse de remercier la famille pour son hospitalité en l'aidant dans son travail. Toutefois, elle s'aperçut rapidement que, même si Saierbao fredonnait en travaillant, les tâches quotidiennes n'avaient rien de facile.

Pour commencer, elle trouva impossible de traire les yaks. C'était un travail qui demandait une grande habileté. Epuisée et trempée de sueur, Wen ne tirait des yaks que des grognements et en tout cas pas de lait. Ped, qui lui passait calmement un tissu pour qu'elle s'essuie la sueur du visage, ne put réprimer un petit sourire.

Faire des galettes de bouse semblait plus à sa portée, mais Wen découvrit vite que ce n'était pas le cas. Avant de faire sécher la bouse, il fallait la ramasser. On était supposé le faire avec une pelle spéciale, incurvée, et balancer la bouse dans un panier qu'on portait sur le dos. Puis il fallait la malaxer et la façonner en galettes, la sécher au soleil avant de l'empiler proprement dans des sacs et la stocker dans la tente. Wen se couvrait habituellement de bouse fraîche au lieu de la jeter dans le panier.

Tâche purement physique, aller chercher l'eau ne demandait aucun talent particulier. Mais cela exigeait une grande force. Wen pouvait à peine porter le seau et elle vacillait sur le chemin. La plupart du temps, elle perdait presque tout le contenu avant d'être à mi-chemin de la tente.

Wen désirait plus que tout maîtriser le barattage du beurre. Saierbao lui avait dit que sa mère répétait que c'était la tâche la plus fatigante pour une femme – mais aussi un talent pour lequel on la respectait le plus car le beurre (et le yoghourt et le lait caillé qu'on faisait avec ce qui restait) était un ingrédient essentiel des trois repas quotidiens. Baratter consistait à remuer le lait dans un broc en bois avec une batte en bois des centaines de fois jusqu'à ce que la graisse se sépare du lait et qu'on puisse la retirer à la louche pour faire le beurre. Il fallait aussi séparer le lait caillé et le petit-lait. Le lait caillé séché servait à faire des gâteaux avec de la *tsampa* et on les utilisait souvent comme offrandes religieuses.

Les ustensiles et la méthode utilisés dans le barattage rappelaient à Wen les expériences de chimie qu'elle faisait à l'université. Cependant, après avoir aidé Saierbao pendant quelques heures, elle ne pouvait plus lever les bras, et le soir, ses mains étaient si faibles qu'elle n'avait plus la force de porter la nourriture à sa bouche.

Wen se souvenait que sa mère lui avait enseigné qu'une jeune Chinoise éduquée devait savoir maîtriser six choses ; la musique, les échecs, la calligraphie, la peinture, les travaux d'aiguille et la cuisine. Une Tibétaine était appréciée pour des talents très différents. Wen rougissait à la pensée de son incompétence. Quant à ses études médicales, elles ne lui servaient pas à grand-chose ici. La famille fabriquait ses propres remèdes avec des herbes, des remèdes très différents de la médecine chinoise. Zhuoma lui avait montré le mystérieux champignon-chenille et le crocus safran, qui avaient de grandes vertus médicinales. Elle avait alors compris pourquoi Kejun avait dû suivre un cours particulier sur l'usage des herbes tibétaines.

Zhuoma souffrait aussi. Elle comprenait mieux ce qu'il fallait faire, mais elle n'était pas habituée au dur labeur physique et se fatiguait facilement. Gela était gentil avec les deux femmes et leur disait de ne pas en faire trop. Les quatre saisons permettaient aux gens de changer de campement, aux yaks et aux moutons de s'accoupler et de changer de laine. A chaque jour suffisait sa peine.

Un jour, Ni bondit sur sa mère pour lui dire que, d'après Om, l'herbe bourgeonnait. Saierbao plissa les yeux et huma l'air, comme pour se saisir de l'essence de l'été. Elle dit à Zhuoma que Gela déciderait bientôt de partir pour les pâturages d'été sur des versants plus hauts. De nouveau, ils allaient voyager vers le nord. Wen était émerveillée par la façon dont la famille comprenait le terrain. Ils n'avaient pas la moindre idée de ce qu'était une carte. Ils se déplaçaient à l'instinct, obéissant à la sagesse des temps anciens : « Au printemps s'installer près de l'eau, en été sur les montagnes, en automne sur les pentes, en hiver dans les plaines abritées. » Elle comprit que, même si une carte des terres non répertoriées existait, elle n'aurait pu s'en servir. Elle n'avait pas la moindre idée de l'endroit où elle se trouvait et toutes les montagnes et les plaines se ressemblaient à ses yeux.

Tout le monde était excité par la perspective de la nouvelle transhumance. Les jours étaient plus chauds et plus longs, et au repas de midi ils laissaient leurs vestes de fourrure entrouvertes. Wen, qui était maintenant parfaitement à l'aise à cheval, se sentit envahie d'une vague de confiance en elle. Elle était persuadée qu'elle allait trouver Kejun et l'imaginait engoncé comme elle dans des vêtements tibétains, s'efforçant de survivre et de trouver le chemin du retour. Elle se plaisait à imaginer une réunion à dos de cheval parmi un troupeau de moutons et le plaisir qu'il y aurait à boire du thé au beurre avec Kejun sous une tente. Zhuoma s'étonnait de la voir si heureuse.

Leur long voyage les mena au-delà des montagnes Bayan Khar jusqu'aux collines du nord, où ils dressèrent leur camp sur les pentes herbeuses. Au nord, Wen voyait le pic enneigé d'une très haute montagne. Zhuoma servant d'interprète, Gela lui expliqua que c'était l'Amnye Machen, la plus importante des treize montagnes sacrées à la source du fleuve Jaune. Amnye Machen était le dieu qui présidait à cette région, avec ses nombreux lacs enfilés sur le fleuve Jaune telles des perles sur un fil. Dans les temps anciens, la tribu de Tupo appelait cette zone les « Cent Lacs », et les nomades se servaient encore souvent de ce nom.

« C'est l'endroit où Wencheng, la princesse chinoise de la dynastie Tang du VIIe siècle, a épousé le roi tibétain Songtsen Gampo, a ajouté Zhuoma. Tous les Tibétains connaissent l'histoire de cette alliance entre la Chine et le Tibet. Wencheng a apporté le bouddhisme chez nous et nous a montré comment cultiver l'orge. Le roi et son épouse ont passé leur lune de miel près de la source du fleuve Jaune avant d'entreprendre le dur voyage vers le sud jusqu'à la capitale Luoxi, maintenant Lhassa. Là où Songtsen a fait construire le Potala pour la reine. Au Qinghai, il y a un temple commémorant l'arrivée au Tibet de la princesse Wencheng. »

« Si je trouve Kejun, nous visiterons ce temple ensemble », se dit Wen à part elle.

Pendant tout le temps que Wen et Zhuoma passèrent avec la famille, les hommes ne s'éloignèrent jamais plus d'un jour du campement, aussi Wen fut-elle surprise de voir Gela et Ge'er se préparer pour un long voyage. Ils emmenaient avec eux des yaks et des moutons, ainsi que deux écharpes blanches *khata* de la réserve que la famille gardait pour les offrandes. Elle demanda à Zhuoma où ils allaient.

« Ils vont rendre visite à un tailleur de pierre *mani* qui gravera le mantra *mani* dans la pierre pour que la famille soit protégée des esprits malins et qu'elle prospère, a répondu Zhuoma. As-tu remarqué que nous passons souvent près de rochers qui portent des écrits et des images ? »

Wen s'était demandé ce que signifiaient ces inscriptions qu'elle avait vues sur les rochers et sur les monticules de pierres gravées plus petites qu'on trouvait partout. Toutefois, elle avait respecté le tabou tibétain qui voulait qu'on ne pose pas de questions sur la religion et elle n'avait pas osé aborder le sujet. Mais, à vivre avec la famille de Gela, elle se sentait de plus en plus attirée par leur spiritualité, et elle se réjouit d'entendre Zhuoma lui dire qu'elle lui en raconterait plus sur les pierres *mani* en allant chercher de l'eau.

Depuis leur première longue conversation dans la cabine du camion militaire, Zhuoma et Wen avaient évité de trop parler de politique et de religion, comme si elles craignaient que leur amitié grandissante n'en soit gâtée. Mais maintenant, Zhuoma semblait désireuse d'expliquer la religion tibétaine à Wen, comme si, ces derniers temps, elle lui faisait plus confiance :

« Il y a des hommes qui ressentent un fort appel spirituel et vont vivre dans les montagnes sacrées ; ils passent toute la journée à choisir des pierres sur lesquelles graver le mantra *mani*. Traditionnellement, quand il y a un mariage ou un deuil, si un homme ou un animal est malade, ou s'il y a un problème dans une famille, le chef de famille va dans la montagne faire des offrandes et prier pour implorer la compassion des esprits. Il offre des yaks, des moutons et d'autres biens au tailleur de pierre, qui choisit alors pour lui dans la montagne un rocher sur lequel il grave les six syllabes du grand mantra. Les graveurs se servent de nombreux types de calligraphie et d'une multitude de couleurs. Parfois ils peignent aussi des images de temples ou du Bouddha.

« Les gens n'emportent pas avec eux les pierres *mani*. Elles sont seulement un symbole de leur foi et leur apportent un réconfort spirituel. C'est pour cela que tu vois souvent des pierres *mani* parmi les rochers que nous longeons. »

Wen avait écouté attentivement les explications de Zhuoma.

« Je sens de plus en plus que la foi imprègne tout au Tibet, a-t-elle dit. Ici, les gens se remettent entièrement entre les mains du ciel et de la nature. Même les montagnes, les fleuves et les plantes parlent de la foi.

— C'est vrai, a dit Zhuoma. Même si, ici au nord, la vie est très différente de celle qu'on mène sur les terres de mes ancêtres, où il y a des routes, des champs et plus de monde, tous les Tibétains partagent la même spiritualité. Parce que nous sommes isolés du monde, nous croyons que tout ce qui existe entre le ciel et la terre est tel qu'il doit être. Nous croyons que nos dieux sont les seuls dieux et que nos ancêtres sont la source de toute vie dans le monde. Nous sommes coupés de la marche du temps. Quand nos fermiers sèment leurs graines, ils laissent les cieux décider du sort des récoltes. Il n'y a pas d'exploitation agricole. Les fermiers font comme faisaient leurs ancêtres il y a des centaines et même des milliers d'années, et il en est de même pour les nomades. Les deux groupes ont des vies très rudes. Ils doivent donner une grande partie de leurs récoltes et de leurs troupeaux en offrandes aux monastères. C'est un tribut très lourd pour des gens qui possèdent si peu, mais ils doivent honorer les lamas qui les protègent.

« Les gens croient que le dalaï-lama du sud du Tibet et le panchen-lama du nord du Tibet sont les représentants sur terre des esprits les plus hauts. Quand ils meurent, on cherche leur réincarnation par des prières et des rites spéciaux : par exemple, on jette des écharpes *khata*, des flacons et des potions précieuses dans un lac choisi à dessein, après quoi la surface de l'eau révèle la carte du lieu de naissance du lama réincarné. Une fois désignés, les nouveaux dalaï-lamas et panchen-lamas passent le reste de leur vie dans de magnifiques palais.

— C'est si différent de la Chine ! a dit Wen. Pour nous, la religion n'est pas une force. Nous n'obéissons qu'à des dirigeants laïcs.

— Mais qui contrôle et protège vos dirigeants ? a demandé Zhuoma, perplexe.

— La conscience, a répliqué Wen.

— Quelle sorte de chose est la “conscience” ?

— Ce n'est pas une chose. C'est un code moral.

— Et qu'est-ce qu'un “code moral” ? »

Wen a réfléchi. C'était là une question très difficile. Elle a pensé à Kejun, lui qui voulait trouver une réponse à toutes les questions et une réplique à toutes les réponses. Peut-être que le Tibet l'aurait changé lui aussi.

Les deux femmes avaient atteint le bord du lac et elles se sont arrêtées pour poser leurs seaux.

Wen s'est tournée vers Zhuoma. « Je n'arrive pas à oublier mon Kejun », a-t-elle dit.

Zhuoma a hoché la tête. « Moi aussi, je pense à Tienanmen. J'ai remarqué que Gela avait beaucoup de provisions. Peut-être, maintenant que nous sommes en été, pouvons-nous demander à Gela des provisions de bouche et des chevaux. Je vais essayer de lui parler. »

5

Perdue au Qinghai

Quand Zhuoma et Wen sont revenues du lac, elles ont trouvé deux hommes dans la tente, avec des fusils à baïonnette. Wen a pensé que c'étaient des parents de Gela, ou peut-être de Zhuoma, car elle a immédiatement engagé la conversation avec eux. Les hommes ont été fêtés par toute la famille, qui a cuit un grand morceau de mouton en leur honneur, et l'odeur de la viande rôtie et de la bière d'orge a empli la tente.

Une fois les hommes partis, Zhuoma a dit à Wen que c'étaient des voyageurs qui ramassaient des herbes médicinales. Ni Gela ni elle ne les connaissaient, mais au Tibet, tous les voyageurs étaient les bienvenus car ils étaient des messagers. La tradition voulait qu'on les traite avec respect et qu'on leur offre la meilleure nourriture. Les hommes soignaient leurs chevaux tandis que les femmes leur préparaient de l'eau et des provisions pour le voyage. Malheureusement, ces hommes n'avaient pas beaucoup d'informations qui puissent être utiles à Gela, à Zhuoma ou à Wen.

Tôt le lendemain matin, alors que les premiers rayons du soleil s'égayaient sur la prairie, chacun a vaqué à ses tâches comme de coutume. Les hommes ont rassemblé les moutons et les yaks pour les emmener sur le flanc d'une montagne au sud. C'était le seul moment de la journée où les trois hommes donnaient de la voix. Comme ils menaient leurs bêtes, il y avait dans leurs vigoureux appels un enthousiasme communicatif, et le son se mêlait aux beuglements et aux bêlements des animaux. Zhuoma est partie pour le lac avec Ni et Hum en bavardant et riant, comme si les outres d'eau vides sur leurs dos étaient gorgées de bonheur. Saierbao, Ped et Wen ont commencé à baratter le beurre, un savoir-faire que Wen avait fini par maîtriser. Elle était pleine d'espoir et de confiance en elle. Zhuoma avait l'intention d'offrir à Gela certains de ses bijoux en échange de deux chevaux, et comme Wen n'avait rien à donner, elle avait décidé qu'elle laisserait son livre d'essais de Liang Shiqiu. Depuis un certain temps, entre le repas du soir et les prières, les enfants lui demandaient de lire à voix haute un passage du livre, que Zhuoma s'efforçait ensuite de traduire. Zhuoma avait du mal à comprendre les écrits philosophiques de Liang Shiqiu, mais cela lui permettait de parfaire son chinois. Tous les jours, les enfants et elle apprenaient quelque chose de nouveau.

Soudain, Wen a vu Ped sur le seuil de la tente, le regard fixé au loin, comme hypnotisée. Quand

Saierbao l'a appelée pour venir aider au barattage, elle n'a pas bougé. Fait encore plus étrange, elle a fait alors deux fois le tour de la tente. Saierbao ne semblait pas s'inquiéter du comportement de sa fille mais Wen était inquiète. Elle est allée jusqu'à la porte de la tente et a vu, dans le lointain, Ni et Hum revenir en courant. Mais aucun signe de Zhuoma.

Quand les enfants sont arrivés à hauteur de la tente, ils étaient en larmes. Wen a vu Saierbao blêmir ; elle a écouté ce qu'ils lui racontaient puis elle est sortie de la tente en courant et a appelé par gestes les silhouettes de Gela, Ge'er et Om. Wen attendait anxieusement que les hommes arrivent pour comprendre ce qui s'était passé. Tout ce qu'elle a réussi à saisir du bafouillage des enfants était le mot « Zhuoma » répété indéfiniment.

Après ce qui lui a semblé des heures, les hommes ont fini par arriver et écouter les enfants. Wen les a implorés par gestes de lui expliquer ce qui se disait. C'est Ge'er qui, comme si souvent, a semblé la comprendre. Sur une planche qui servait habituellement à tanner les peaux de mouton, il a jeté une poignée de farine d'orge et tracé quelques dessins du bout du doigt. Toutes rudimentaires qu'elles soient, les images étaient assez claires. Un groupe d'hommes à cheval avait jeté un sac sur la tête de Zhuoma et l'avait emportée. Wen, une fois remise de sa surprise, a demandé comme elle pouvait à Ni si celle-ci avait remarqué autre chose. Ni a baissé la manche de sa robe pour lui montrer de longues égratignures sur son épaule droite. Hum a pris la main de Wen et l'a posée sur sa tête, pour lui faire tâter une grosse bosse. Ils avaient été blessés en se battant avec les ravisseurs de Zhuoma. Wen n'avait pas la moindre idée de la raison pour laquelle quelqu'un pouvait vouloir l'enlever. C'était incroyable. A moins qu'il ne s'agisse d'ennemis inconnus de Zhuoma ou de soldats chinois.

Pendant le reste de la journée, Wen a interrogé Ni et Hum en s'aidant de force gestes, dessins et objets, dans l'espoir de trouver des détails sur ce qui s'était passé. Il semblait qu'au moment où Zhuoma et les enfants revenaient avec l'eau, le groupe d'hommes s'était approché d'eux, avait attrapé Zhuoma au lasso comme on l'aurait fait d'un cheval et l'avait ficelée dans un grand sac de toile – du genre de ceux utilisés pour transporter des offrandes. Les enfants avaient compris ce que les hommes disaient, ce devait donc être des Tibétains. Deux d'entre eux, semblait-il, étaient ceux qui leur avaient rendu visite la veille. Ni dit à Wen que Zhuoma avait continué à se débattre, même après qu'ils l'avaient jetée sur le dos d'un cheval. Wen s'est alors souvenue du comportement étrange de Ped ce matin-là. Avait-elle vu ou pressenti quelque chose ? Elle a essayé de lui demander si elle savait où se trouvait Zhuoma maintenant, mais Ped s'est contentée de secouer la tête et de montrer sa bouche du doigt, sans dire un mot. Wen n'avait pas la moindre idée de ce qu'elle essayait de lui dire.

Les jours suivants, Gela et Ge'er passèrent des heures à explorer les environs, en quête d'un signe de Zhuoma et de ses ravisseurs, mais ceux-ci s'étaient évanouis sans laisser de traces. Le soir, les hommes rentraient abattus. A leurs regards, Wen comprenait qu'ils avaient perdu tout espoir de retrouver Zhuoma et qu'ils avaient pitié d'elle, qui se retrouvait maintenant complètement seule, incapable de communiquer avec qui que ce soit.

Quand l'été se transforma en automne, Wen entra dans la période la plus sombre de sa vie. La nuit, elle pleurait pour la femme dont le lit était maintenant vide à son côté, se souvenant de son courage et de son intelligence. Pendant la journée, elle s'efforçait de se débrouiller sans Zhuoma comme interprète. Les phrases étranges que Zhuoma avait réussi à lui enseigner – quelques noms et quelques verbes – lui permettaient de vaquer à ses occupations quotidiennes, mais le reste du temps, elle était confinée à un monde de silence. Plus douloureux encore, elle avait peu d'espoir d'apprendre davantage de tibétain. La famille de Gela vivait dans une sorte de compréhension tacite. Même quand ils en avaient le loisir, ils conversaient rarement. Si elle ne pouvait pas s'exprimer dans leur langue, comment pourrait-elle les persuader de la laisser partir et risquer sa vie seule sur le plateau ? En dehors de la photographie de Kejun, ils ne savaient rien de son mari. Zhuoma lui avait conseillé de ne pas leur dire que l'armée chinoise était au Tibet. Ils ne comprendraient pas pourquoi et cela les effraierait.

Serait-elle jamais capable de leur dire qu'elle aimait son mari au point de tout affronter pour le retrouver ?

La douleur et la désillusion minaient Wen. C'était comme si elle s'était approchée de Kejun pour le voir disparaître à nouveau. Elle se trouvait dans une impasse et ne voyait pas comment en sortir.

Après la disparition de Zhuoma, la famille sembla bien plus inquiète. Les rires de Ni s'étaient taris et Hum, autrefois si plein d'entrain, restait dans le sillage de sa mère, silencieux, sans caracoler ni gambader autour de la tente. Quand vint l'époque de partir vers un autre pâturage, Gela choisit un endroit encore plus isolé. S'ils voyaient une silhouette au loin, Gela faisait signe à sa famille de ne pas se montrer. Une fois ou deux, il alla jusqu'à cacher Wen parmi le troupeau de moutons pour que des voyageurs ne la voient pas, comme s'il craignait qu'on ne l'enlève elle aussi. Elle avait l'impression d'avoir quitté le monde des hommes.

Wen s'était mise à tenir un journal. Chaque jour elle utilisait l'une des pierres colorées pour écrire quelques lignes sur une page des *Essais complets* de Liang Shiqiu.

Les pierres laissaient une légère empreinte sur le papier. Elle devait condenser son écriture et limiter son expression pour économiser le papier. Le journal était son seul moyen d'enregistrer ses pensées et de continuer à écrire le chinois. Il lui donnait une nouvelle force et la volonté de survivre.

Un matin, Ni s'est évanouie alors qu'elle aidait Saierbao à la traite. Saierbao a appelé à l'aide à grands cris, et Gela a porté Ni sous la tente. Visiblement troublé, Gela a dit quelque chose à Ge'er, qui a quitté immédiatement la tente et s'est mis en devoir de seller son cheval. Gela a alors marmonné quelques mots à l'intention de Saierbao, qui est allée au fourneau mettre de l'eau à bouillir. Faisant appel à tout le tibétain qu'elle avait appris, Wen a essayé de dire à Saierbao qu'elle était une *menba* et qu'elle pourrait peut-être les aider, mais celle-ci n'a pas eu l'air de comprendre. Soudain Hum a crié, le doigt pointé vers le bas du corps de Ni. Tous les regards ont suivi son doigt : du sang suintait de la robe de Ni. Gela a dit à Ped de faire sortir Hum, puis a fait signe à Wen de l'aider à ouvrir la robe de Ni. Ses vêtements de dessous étaient maculés de sang.

Wen a alors compris pourquoi Ni pleurait la nuit : elle devait saigner comme ça depuis longtemps. Elle s'est souvenue que Zhuoma lui avait dit que chercher de l'eau était tellement éreintant que les femmes faisaient peu la lessive et se débrouillaient pour éviter les taches des règles. Le saignement de Ni ne pouvait provenir de simples règles.

En essayant de retenir ses larmes, Saierbao a fait comprendre par signes à Wen qu'ils connaissaient tous ce problème depuis longtemps, mais qu'ils ne savaient que faire.

Gela a trempé un morceau de feutre dans de l'eau chaude, l'a essoré, a craché par deux fois un peu de bière d'orge dessus, l'a essoré de nouveau et est allé prier la statue du Bouddha. Il a alors enveloppé le morceau de feutre autour des pieds de Ni et a craché une autre gorgée de bière d'orge sur son front. Les lèvres de Ni ont bougé légèrement et ses yeux se sont un peu ouverts. Elle a regardé sa mère qui tournait son moulin à prières devant l'autel. Gela a appelé Saierbao et a mis la main de leur fille dans les siennes. Ni a souri faiblement, puis elle a fermé les yeux.

Wen lui a pris le pouls. Il était très faible et elle continuait à perdre du sang. Pourtant, sans équipement médical ni médicaments, il n'y avait rien que Wen puisse faire pour la secourir. Elle était déchirée par la culpabilité et la frustration.

Pendant toute la journée, la famille au complet a veillé Ni en silence et Hum – il avait tellement faim qu'il se suçait les doigts – est même resté totalement silencieux. Saierbao et Gela étaient agenouillés devant le Bouddha, priant et tournant indéfiniment leurs moulins à prières.

Au crépuscule, le son de sabots au galop a signalé le retour de Ge'er. Il portait un sac, que les trois adultes se sont empressés d'ouvrir. Ils ont mélangé la poudre qu'il contenait à de l'eau et l'ont donnée à boire à Ni. Wen observait, fascinée, mais elle n'avait pas la moindre idée de ce que cette boisson contenait. Dix minutes plus tard, Wen a constaté que les joues de Ni avaient repris un peu de leurs couleurs.

Personne n'a dormi cette nuit-là. Gela a fait signe à Wen, qui était épuisée, de se reposer. Elle s'est allongée, en écoutant le son des moulins à prières jusqu'à l'aube.

Nul n'a pu sauver la jolie, l'enjouée Ni. Son esprit était trop loin. Le jour qui a suivi son effondrement, la jeune fille, qui n'avait guère plus de quatorze ans, est morte.

Wen était accablée. Elle souffrait pour la famille, mais aussi pour elle-même. De tous les membres de la famille de Gela, Ni était celle avec qui elle avait passé le plus de temps et qui lui avait causé le plus de joie. Voilà qu'elle avait perdu et Zhuoma et Ni en peu de temps. L'avenir s'étendait devant elle comme un abîme sans fond.

Wen craignait que la famille ne procède à des funérailles célestes. Zhuoma avait décrit comment, après la mort de son père, son corps avait été démembré et laissé en pâture aux vautours sur un autel de montagne. Face à la réaction horrifiée de Wen, elle avait répondu que ce rituel n'était qu'une des manifestations de l'harmonie entre le ciel et la terre, la nature et l'homme : il n'y avait rien de répugnant là-dedans. Mais, malgré ces explications de Zhuoma, Wen ne pensait pas pouvoir regarder le corps de Ni offert aux vautours. En l'occurrence, elle fut épargnée ; la famille emmena le cadavre au lac pour des funérailles aquatiques.

L'automne se mua en hiver, l'hiver en printemps. Wen avait perdu toute notion du temps. Elle suivait la famille en quête de nouveaux pâturages et d'abris. Pour elle, toutes les montagnes, tous les pâturages se ressemblaient ; pour eux, il y avait de subtiles différences. Aussi souvent que possible, elle écrivait dans son livre – des lettres à Kejun qu'elle espérait pouvoir lui donner un jour – sur les détails de sa vie quotidienne. Les mots s'empilaient. Quand elle eut fini de remplir les pages blanches de son livre d'essais, elle se mit à écrire entre les lignes du texte. Quand ces espaces furent comblés, elle écrivit sur le texte imprimé. Le seul espace qu'elle voulait laisser vierge, c'était l'intérieur de la couverture. Elle réservait cela à Kejun. Quand elle le retrouverait, il écrirait un épilogue à son journal. Les pages débordaient d'annotations sur la solitude, l'amour, la volonté de survivre de Wen.

Le livre était de plus en plus épais.

La photographie de Kejun jaunissait. Son visage avait un air éteint et ridé.

Sans possibilité d'échapper à sa situation, Wen avait cessé d'y penser. Son corps et son esprit s'étaient adaptés au mode de vie tibétain ; elle ne prêtait plus une si grande attention à ses besoins et ses désirs. Quand la famille priait, elle priait avec eux, tournant son propre moulin à prières. Elle ajoutait aux prières les paroles de Wang Liang : « Le seul fait de rester en vie est en soi une victoire. »

La seule occasion qu'avait Wen d'être un tant soit peu en contact avec le monde extérieur, c'était la fête de Weisang. A l'automne, des hommes venus de toute la région se rassemblaient pour faire des offrandes aux ancêtres. Puisque les femmes n'avaient pas le droit d'y participer, Wen, Saierbao, Ped et Hum regardaient depuis les collines les centaines de cavaliers portant des étendards aux couleurs vives qui se mouvaient en formations rituelles autour de l'autel sacrificiel. Gela rapportait pour Saierbao des bijoux qu'elle ajoutait aux nombreux ornements qu'elle portait déjà. Au début, Wen ne comprenait pas comment cette famille pauvre pouvait se permettre de tels luxes au lieu d'acheter du bétail. Par la suite, elle avait compris que ces parures n'étaient pas considérées comme des richesses matérielles, mais que c'étaient en fait des objets religieux.

Gela, Ge'er et Om ne pouvaient pas assister à la fête de Weisang tous les ans, mais ils s'y rendaient le plus souvent possible. La première fois que Wen les avait vus seller leurs chevaux, elle s'était alarmée. La taille de leurs sacs indiquait qu'ils seraient partis pendant longtemps et elle ne comprenait pas pourquoi ils laissaient les femmes et les enfants seuls. Ped avait essayé de lui expliquer. Elle avait imité son père et dessiné pour Wen dans de la farine d'orge trois soleils décorés avec des ustensiles pour le petit déjeuner, le déjeuner et le dîner. Sous le soleil du milieu, elle avait dessiné trois hommes. Wen en avait conclu que les hommes atteindraient leur destination à midi et n'iraient pas loin. Mais elle était restée très perplexe.

Deux jours plus tard, Saierbao avait dit aux enfants de revêtir leurs robes de fêtes et elle avait déniché une large ceinture de soie colorée à nouer autour de la taille de Wen. Ils avaient attaché le bétail avec des cordes en crin de yak, soigneusement fermé la porte et enfourché leurs chevaux. Saierbao avait donné peu d'ordres à ses enfants pendant leurs préparatifs et ils l'avaient suivie en silence. Wen s'était habituée à cette façon silencieuse d'agir et la trouvait moins déconcertante.

Après trois heures à cheval, ils s'étaient arrêtés pour manger. Soudain Hum, en riant et en criant, avait tendu un doigt. Au loin, il y avait une mer de gens et d'étendards. Les étendards flottaient dans la brise, se mêlant au claquement des bannières plantées dans le sol, et tout semblait vibrer de couleur et de mouvement. La fumée et l'odeur du bois de pin du feu sacré enveloppaient la scène d'un brouillard miroitant. Wen avait l'impression de se trouver dans un autre monde. Après de si longs mois de privations et de solitude, la foule, les couleurs et les bruits lui semblaient un mirage.

Au fil des ans, Wen s'habitua à ces extraordinaires manifestations religieuses. Elle s'habitua, aussi, au manque de nouvelles du monde extérieur. Le seul changement à sa vie qu'apporta Weisang fut une épouse pour Om dans un mariage arrangé entre les deux familles à l'occasion de la fête. L'épouse d'Om, Maola, avait un tempérament très semblable à celui de Saierbao : une femme de peu de mots mais sereine et travailleuse, et toujours souriante. Om continua à jouer de son luth devant la tente tous les soirs, mais sa musique était beaucoup plus gaie qu'auparavant.

Peu de temps après les noces, Maola tomba enceinte. Deux jeunes moutons furent séparés du troupeau et attachés à la tente. Wen comprit qu'on les engraissait pour sustenter Maola quand elle accoucherait et pour célébrer la venue d'un nouveau membre dans la famille. Mais quand elle vit

Gela et Ge'er déposer une robuste petite fille dans les mains d'Om, elle sut à ce moment-là que son identité de médecin, et surtout de Chinoise, s'était détachée d'elle.

Ce soir-là, Gela mena la prière de toute la famille pour le nouveau-né. Saierbao et Wen avaient travaillé dur toute la journée pour préparer la fête. Pendant le banquet, Saierbao donna à Wen un gigot, rôti à point, de l'agneau. Aussi loin que Wen pouvait s'en souvenir, cette partie de l'agneau avait toujours été réservée à Gela et à Ge'er. Le geste de Saierbao semblait vouloir dire : « Tu es des nôtres maintenant. Partage notre bonheur. »

Quand Shu Wen a atteint ce point de son histoire, nous parlions depuis dix heures. Les gens entraient et sortaient de la maison de thé, et le serveur, qui semblait être aussi le patron de l'hôtel, avait rempli notre théière d'eau chaude plus d'une fois. Le thé n'avait plus le moindre goût.

La nuit tombait et j'ai suggéré à Shu Wen de partager une chambre d'hôtel et de continuer notre conversation le lendemain. Elle a accepté sur le même ton bref qu'elle avait employé pour répondre à toutes mes autres questions. Quand elle n'était pas prise par son récit, sa voix était plate et sèche.

Comme nous nous préparions à dormir, j'ai essayé de la faire parler pour m'assurer qu'elle était bien installée, mais elle n'a pas dit grand-chose.

« Voulez-vous de l'eau ? lui ai-je demandé.

— Non.

— La chambre vous va ?

— Oui.

— Vous vous sentez bien ? Vous avez l'air un peu fatiguée.

— Je vais bien. »

J'aurais aimé établir une intimité m'autorisant à lui poser la multitude de questions qui m'avaient traversée pendant la journée, mais à l'évidence, Wen estimait que nous avions assez bavardé.

Je m'inquiétais à l'idée que l'étroit petit lit ne convienne pas à son grand corps, mais là aussi Wen m'a surprise. Avant d'enlever sa robe tibétaine, elle en a sorti ses affaires comme un magicien sort des oiseaux de son chapeau. De deux poches intérieures elle a extrait des livres et de l'argent, et des poches de sa manche des petites bourses en peau de mouton. De sa botte droite, un couteau, de sa gauche, des papiers. Elle a plongé la main dans la ceinture de sa robe et en a retiré deux grandes sacoches de cuir. Puis elle a dénoué sa longue ceinture de soie, à laquelle étaient attachés d'autres petits sacs de cuir et des outils.

Je l'observais, stupéfaite : sa robe lui servait de bagage. Elle s'est révélée lui servir aussi de lit. Elle l'a étalée sur le lit comme un matelas, a placé la ceinture de soie sur les livres et les cartes pour se faire un oreiller, puis fourré toutes ses affaires dans les manches de sa robe à l'exception du couteau. Elle a posé ce dernier sur l'oreiller, à portée de main. Elle s'est ensuite allongée sur sa robe, a rentré les poignets des manches sous son oreiller et s'est couvert les jambes avec les deux grands sacs vides. Son corps et ses affaires étaient ainsi parfaitement protégés.

Je ne pense pas qu'elle se soit aperçue de mon étonnement quand je me suis étendue à mon tour sur le lit contigu au sien. J'avais l'impression de venir de découvrir un petit bout de vie tibétaine. J'allais en faire l'expérience quand je me rendrais au Qinghai en 1995 pour essayer de comprendre ce que Wen avait traversé. Je serais alors témoin de l'ingéniosité du peuple tibétain, qui réussit à vivre avec très peu de moyens. Je verrais les pierres empilées pour servir de repères, la nourriture enfouie dans le sol gelé qu'on récupérait plus tard ou qui servait à d'autres voyageurs, le bois de chauffage stocké sous les rochers. Je comprendrais que les deux grands sacs de cuir que Wen avait étalés sur ses jambes étaient destinés à transporter de la nourriture pour le voyage : farine d'orge et viande séchée.

Cette nuit-là à Suzhou, je n'ai guère dormi. J'ai attendu avec impatience que le jour se lève pour pouvoir poser à Wen certaines des questions qui fourmillaient dans mon esprit :

« Avez-vous trouvé Kejun ? »

« Savez-vous ce qui est arrivé à Zhuoma ? »

« Comment avez-vous réussi à garder votre équilibre mental et physique pendant toutes ces années ? »

« Dans quelles circonstances êtes-vous rentrée en Chine ? »

Jamais je n'avais rencontré quelqu'un qui eût perdu autant le contact avec le monde. J'avais du mal à imaginer ce genre de situation. En racontant son histoire, Wen avait été extrêmement vague sur les dates. La vie des nomades était faite de saisons, et non pas d'horloges et de calendriers. Il était par conséquent difficile de savoir avec exactitude combien de temps elle avait passé avec la famille de Gela. Elle avait toutefois mentionné que Hum avait environ neuf ans quand elle était arrivée et que c'était un homme adulte quand elle était partie. Cela voulait dire qu'elle était restée avec eux au moins dix ans, peut-être beaucoup plus longtemps.

Jusqu'à quel point ce mode de vie peut-il changer votre personne ? ai-je pensé en me tournant et retournant dans mon lit. Qui devient-on ?

6

Les treize montagnes sacrées

Pendant toutes les années que Wen a passées avec la famille de Gela, elle s'est accrochée à l'idée qu'un jour Kejun et elle seraient réunis. Même si, de plus d'une façon, elle avait adopté le mode de vie bouddhiste et, comme les Tibétains autour d'elle, elle acceptait son sort, une part d'elle ne voulait pas renoncer à sa quête. Presque toutes ses pensées à propos de Kejun, elle les confiait à son journal, mais au fur et à mesure de ses progrès en tibétain, elle a été capable de s'exprimer avec plus de subtilité et s'est mise à essayer d'expliquer ses sentiments à la famille. Hum a été la première personne à qui elle a parlé de Kejun. La forte spiritualité qu'elle avait notée chez cet enfant avait grandi au fil des ans et elle pensait pouvoir se confier à lui. Elle se souvenait combien, petit garçon, la photographie de Kejun l'avait effrayé. Elle l'a tirée de sa robe et la lui a montrée. « Cet homme, a-t-elle dit, est mon bien-aimé. Mon soleil et ma lune. »

Peu à peu Kejun a fait partie de la conversation. Captivée, la famille écoutait Wen lui raconter sa vie d'avant en Chine. Ped surtout, maintenant jeune femme, semblait boire la moindre information sur ce monde si différent à l'est. Le jour dont Wen n'osait plus rêver a fini par arriver. Gela est venu la trouver et lui a déclaré que la famille avait décidé de l'aider dans ses recherches. Hum était maintenant assez âgé pour aider Gela et ainsi Ge'er était disponible. Ped désirait elle aussi les accompagner et Gela avait accepté car son mystérieux don de prédiction pouvait être utile à Wen. Il leur donnerait trois chevaux et des provisions de bouche suffisantes pour durer un certain temps. Quand celles-ci seraient épuisées, ils pourraient faire appel à la générosité d'autres Tibétains et des monastères.

Quand elle a compris que la famille était prête à se scinder en deux pour l'aider, Wen a pleuré. Elle ne savait pas quoi dire. Il n'existait pas de mots assez forts pour exprimer sa gratitude. Non seulement ils l'avaient sauvée de la mort, mais ils l'avaient considérée comme un membre chéri de la famille pendant de nombreuses années. En voyant les larmes de Wen, Saierbao lui a pris la main et l'a caressée tendrement sans rien dire. Wen a senti la rudesse de la peau de Saierbao. Elle avait vieilli. Ses vêtements colorés étaient éteints, ses parures ternies, mais son visage brillait encore.

La séparation a été solennelle. Gela et Saierbao ont regardé en silence Ge'er charger les chevaux. Saierbao avait préparé des sacs de nourriture et des outres à eau ; une tente, de la literie, de la corde et des médicaments complétaient l'équipement.

Hum tenait la bride du cheval de Wen pour qu'elle monte ; il lui a confié d'une voix douce que, dès que Ge'er serait de retour, il avait l'intention d'entrer dans un monastère comme ses frères Ma et Me. Il avait réfléchi à ce que Wen lui avait dit de Kejun ; il pensait comprendre ce qu'était son amour pour lui, car les divinités étaient pour lui comme le soleil et la lune.

En prenant congé de Saierbao, Wen a ôté le collier de cornaline que Zhuoma lui avait donné et elle le lui a mis dans les bras, avec le vieil uniforme militaire qu'elle n'avait plus jamais porté. Des images du visage de Ni défilaient dans sa mémoire. Jamais elle n'oublierait, où qu'elle aille, la fillette qui avait été comme un joli carillon, ni l'amour tranquille de sa famille.

Pendant les préparatifs du voyage, Ped avait suggéré à Ge'er d'aller voir les tailleurs de pierre qui gravaient les pierres *mani* des montagnes sacrées. Toutes sortes de gens désireux de faire une offrande aux dieux leur rendaient visite. Peut-être sauraient-ils quelque chose des Chinois qui étaient passés par là ces dernières années. Ge'er trouva l'idée bonne ; ils allaient commencer par là.

Pendant de nombreux mois, leurs recherches ne donnèrent rien. Ils visitèrent montagne après montagne, mais aucun des tailleurs de pierre à qui Ge'er s'adressa ne reconnut la photographie de Kejun ; aucun n'avait rencontré de Chinois. Wen fut incapable de glaner la moindre information sur ce qu'était devenue l'Armée populaire de libération dans cette région du Tibet. « La guerre est-elle finie ? » demandait-elle aux gens qu'ils croisaient. Ils se contentaient de la regarder d'un air étrange sans répondre.

Puis, un jour, ils ont appris qu'un vieux tailleur de pierre se souvenait avoir rencontré des Chinois. Wen et Ped ont attendu pendant que Ge'er allait dans la montagne lui parler. Quand Ge'er est revenu, il leur a raconté avec émotion que, des années auparavant, le tailleur de pierre avait vu passer un groupe de Tibétains, parmi lesquels se trouvaient des Chinois. Ils portaient tous des vêtements tibétains, mais c'était facile de reconnaître ceux qui n'étaient pas tibétains car leurs visages n'étaient pas burinés par le soleil des hauts plateaux. Ils portaient tous un fusil à baïonnette. Un ballot gigotait sur l'un des trois chevaux. Le vieux avait supposé qu'il renfermait un animal vivant. Les hommes avaient dit se diriger vers le nord-est.

Etonnées, Wen et Ped ont regardé Ge'er. Ces hommes étaient-ils les ravisseurs de Zhuoma ? Wen était d'avis qu'ils devraient eux aussi aller vers le nord-est pour voir s'ils pouvaient recueillir plus d'informations, mais Ge'er ne voulait pas abandonner la piste de Kejun. Peut-être vaudrait-il mieux, suggérait-il, prendre vers le sud-est où, d'après plusieurs personnes, ils trouveraient des Chinois.

Wen a alors levé les yeux vers le ciel d'un bleu profond, la main sur la photographie de Kejun dans sa poche de poitrine. « Zhuoma m'a sauvé la vie. Nous autres Chinois aimons payer nos dettes. Je pense que si Kejun était au courant, il voudrait sûrement que je me mette d'abord en quête de Zhuoma. »

La route du nord-est passait par des défilés montagneux très escarpés et battus par les vents. Ge'er a averti Wen qu'on ne pouvait franchir les montagnes enneigées qu'au cours de l'été et qu'ils devraient passer l'hiver dans la plaine. Ils passèrent donc tout l'hiver sous leur tente, à prendre des forces. Ge'er chassait des antilopes et d'autres animaux sauvages, et récoltait des plantes comestibles. Il montra à Wen et Ped comment reconnaître les racines médicinales encore vivaces malgré le gel.

Au printemps, ils se remirent en route, voyageant pendant des jours entiers dans un silence presque total, absorbés par la tâche de bien mener leurs chevaux sur ce terrain dangereux.

Peu après être redescendus de la crête de la montagne, ils croisèrent un groupe de pèlerins. Ils portaient de longs morceaux de feutre sur le front et avaient les mains et les pieds emmitouflés. Wen en comprit vite la raison. A chaque pas, les pèlerins se prosternaient de tout leur long sur le sol, si bien que leurs fronts touchaient terre. Ils se relevaient et recommençaient leur geste de révérence. En voyant Wen et ses compagnons, les pèlerins s'arrêtèrent. Ils leur dirent qu'ils voyageaient depuis quatre mois pour un pèlerinage au mont Amnye Machen. Wen savait que l'Amnye Machen était à plusieurs semaines d'un rude voyage à cheval. Au rythme où ils allaient, cela leur prendrait des années. Elle se demanda si sa propre foi pourrait la soutenir avec une telle force.

Après ça, ils ne rencontrèrent plus personne. Wen ajouta une autre ligne à son journal, recouvrant des mots qu'elle avait écrits des années auparavant : *Aide-moi, Kejun ! Je sais que tu me regardes ; attends-moi !*

Leurs provisions de bouche et d'eau étaient presque épuisées lorsque, un jour, ils aperçurent une tente. Les trois voyageurs exténués furent chaleureusement reçus par la famille nomade et ils restèrent deux jours et deux nuits avec elle. Les conditions de vie de cette famille étaient très différentes de celles de la famille de Gela. Ils possédaient beaucoup d'appareils semi-mécaniques pour la maison et les travaux agricoles, une bicyclette et même un tracteur. Il n'était pas venu à l'esprit de Wen que la vie des Tibétains pouvait différer à ce point selon les endroits.

Le chef de famille leur a expliqué qu'ils avaient acheté toutes ces choses aux camions-boutiques qui sillonnaient cette partie du Tibet ces dernières années.

« Des boutiques tenues par des Chinois ? a-t-elle demandé.

— Non, des marchands tibétains », a répliqué l'homme.

Ge'er, épaté par toutes ces machines, les manipulait avec précaution. Il n'arrêtait pas de poser des questions.

« Que mangent ces petites choses en fer ? Que font-elles la nuit ? Se mettent-elles parfois en colère ? Peut-on faire de la bicyclette sur les montagnes ? Combien de morceaux de fumier est-ce qu'un tracteur peut tirer en une fois ? »

Wen n'avait jamais vu Ge'er si volubile.

Avant de repartir, leur hôte leur a demandé si son fils Zawang, qui avait aussi l'intention d'aller vers le nord, pouvait les accompagner. Ge'er n'était que trop heureux de la tournure des choses. Un autre homme dans le groupe et, qui plus est, un homme jeune et fort, cela voulait dire que les corvées quotidiennes – chercher de l'eau et du bois de chauffage, allumer le feu pour la cuisine, monter la tente, réparer les selles et les harnais – seraient plus légères.

La présence de Zawang égaya leur humeur et allégea la monotonie du voyage. Ped surtout semblait ravie. Wen ne l'avait jamais vue parler et rire autant. A observer les deux jeunes gens ensemble, Ge'er et Wen se regardaient souvent et se souriaient.

Zawang voulait se rendre au célèbre monastère de Wenshugompa pour voir son frère aîné, qui y était lama. Il ne l'avait pas vu depuis dix ans, car le monastère n'avait pas permis à sa famille de lui rendre visite pendant cette période. Son frère devait consacrer toute son attention à son apprentissage pour confectionner les riches thangkas qui faisaient la réputation du monastère. Zawang expliqua que, pour ces thangkas, des morceaux de tissu étaient cousus sur une toile de fond rembourrée pour créer de magnifiques et complexes représentations des divinités. L'œuvre de son frère était maintenant accrochée aux murs du monastère. Wen éprouva une forte nostalgie des vêtements brodés qu'elle portait dans le delta du Yangtse – les vestes de soie matelassée décorées de dragons et de phénix de fil coloré. Elle pensa à ses parents et sa sœur qui devaient la croire morte maintenant. Elle plongea la main dans sa tunique et effleura le livre qui contenait toujours la grue de papier de sa sœur.

Une fois arrivés à Wenshugompa, Wen et Ped attendirent à l'extérieur, car les femmes n'avaient pas le droit de pénétrer dans l'enceinte du monastère. Le lama qui reçut les hommes dit à Zawang que son frère était absent, car il accompagnait l'abbé dans sa tournée administrative de la région.

Cependant, tous les voyageurs étaient les bienvenus et ses compagnons et lui pouvaient attendre son retour à la pension du monastère.

L'hébergement des hommes était séparé de celui des femmes. Wen et Ped furent conduites dans une simple chambre en pisé, avec une pièce attenante pour leurs chevaux. Les portes et les fenêtres étaient de simples morceaux de feutre huilé cloués sur des cadres en bois. Dans la pièce d'environ quinze mètres carrés, le mur principal était décoré d'un long rouleau religieux. Quelques frustes rayonnages de bois en occupaient la partie basse. Deux petits lits constituaient le reste du mobilier, avec sur le sol deux coussins de paille pour la méditation et la lecture des Ecritures.

Wen a failli pleurer quand elle a vu la pièce : cela faisait si longtemps qu'elle n'avait pas dormi dans un endroit avec de vrais murs qu'elle était extrêmement émue. Elle s'est assise sur le lit pour jouir de l'intimité du lieu. Partager un espace pour dormir avec une seule autre femme était un grand luxe.

Elle a examiné les rares objets ornant les étagères de bois et a été stupéfaite de découvrir que plusieurs d'entre eux venaient de Chine : il y avait un sac en plastique de la célèbre boutique pour artistes Rongbaozhai à Pékin, du papier glacé fabriqué à Chengdu, et même une bougie de Shanghai. Leur vue lui a fait venir les larmes aux yeux : ses maigres possessions exceptées, elle n'avait pas vu un seul objet ayant trait à la Chine depuis des années. Des Chinois avaient dû laisser leurs affaires dans cette pièce vide. Elle avait le sentiment de se rapprocher de la réponse qu'elle cherchait.

Au cours du dîner, un lama leur a dit qu'une grande cérémonie appelée le Dharmaraja aurait lieu au monastère dans quelques jours. Les lamas répéteraient dans la cour ouverte devant l'entrée du monastère et il ne fallait pas les déranger. Qu'une fête religieuse de cette importance se déroule pendant leur séjour au monastère donnait aux trois Tibétains le sentiment de jouir de la faveur des dieux. Ped a expliqué à Wen que ceux dont le Dharmaraja touchait la tête trouveraient la paix et la sécurité, et que le désir de leur cœur serait exaucé.

Ce soir-là, avant que les hommes et les femmes se séparent pour se rendre dans leurs quartiers respectifs, Wen a demandé à Ge'er s'ils pourraient faire des recherches sur Kejun le lendemain au monastère. Celui-ci a promis de parler aux lamas dès le matin.

Avant de s'endormir, Wen a inscrit une nouvelle ligne dans son livre : *Jun, aujourd'hui j'ai vu des caractères chinois. Ce doit être un signe de toi. Mon cher mari, cette nuit, je t'en prie, dis-moi dans mes rêves où tu es.* Mais Wen est restée éveillée presque toute la nuit et n'a fait aucun rêve.

Le lendemain, un lama est venu tout exprès faire savoir à Wen qu'on mettrait tout le monastère au courant de sa quête à l'heure du débat autour des Ecritures et qu'on demanderait aussi aux visiteurs et aux spectateurs de la fête du Dharmaraja.

A l'aube, le jour de la cérémonie, plusieurs grands gongs ont éveillé Wen. En regardant par sa fenêtre, elle a vu une silhouette debout sur le toit du monastère : un lama vêtu d'une toge pourpre, frappant un gigantesque gong de bronze. Pendant les deux heures qui ont suivi, les lamas ont psalmodié les Ecritures, le son s'élevant et retombant sur tous les bâtiments. Wen a pensé à Saierbao, Zhuoma et Ni, trois femmes pieuses qui avaient passé leur vie à prier et réciter les textes sacrés.

Juste avant le début de la cérémonie, un jeune lama est venu les chercher en courant puis les a escortés jusqu'à la cour du monastère, devant le portail ouvragé. Il les a fait asseoir sur le sol au premier rang, le meilleur endroit pour recevoir la bénédiction du Dharmaraja.

C'était la première fois que Wen assistait à une cérémonie religieuse tibétaine d'aussi près. Extasiée, elle a regardé la mer de bannières. Devant les portes du monastère, étaient disposées huit longues trompes flanquées de lamas portant de hautes coiffes à crête. Soudain, un rang de lamas vêtus de toges rouge et or a soufflé dans d'étincelantes trompes courtes. Un groupe d'acteurs, qui ressemblaient à ceux de l'Opéra de Pékin, est sorti du bâtiment du monastère. « Ce sont les lamas qui vont danser, a murmuré Ped à Wen. Quand le Dharmaraja passera, n'oublie pas de t'avancer avec moi pour qu'il puisse te toucher la tête. »

Ce fut un spectacle inoubliable. Des douzaines de danseurs, vêtus de couleurs vives et portant des coiffes qui représentaient des têtes de chevaux et d'autres animaux, ont envahi la cour. Des lamas psalmodiaient des soutras et soufflaient dans des trompes en cuivre et des conques. Les trompes les plus longues donnaient le rythme de la danse, tandis que le Dharmaraja faisait le tour des spectateurs en dispensant des bénédictions. Wen n'avait pas la moindre idée de ce que signifiait la danse, mais elle était transportée par ce qu'elle voyait.

Elle s'est retournée pour observer la foule et voir si les autres spectateurs étaient aussi exaltés qu'elle par l'extraordinaire communion entre le monde des hommes et celui des divinités. A sa surprise, elle a remarqué des visages chinois. Son cœur s'est mis à battre quand elle a vu le bleu, le noir et le gris familiers de leurs vêtements parmi les couleurs vives portées par les Tibétains. Son instinct lui disait de se frayer un chemin dans la foule et d'aller vers eux, mais elle était paralysée par le gouffre qui la séparait maintenant du monde qu'elle avait quitté. Elle n'avait pas prononcé un seul mot de chinois depuis tant d'années. Saurait-elle même leur parler ?

Elle s'est faufilée précautionneusement dans la mer humaine, essayant de trouver un groupe de Chinois d'abord facile. Elle a discerné une femme de son âge discutant avec animation de la cérémonie avec ses amis ; elle est allée vers elle et l'a saluée d'un mouvement de tête.

« Excusez-moi, a-t-elle dit. Puis-je vous poser une question ? »

Les mots avaient un drôle de goût dans sa bouche.

« Vous parlez chinois ? a demandé la femme, franchement surprise que quelqu'un qui ressemblait à une Tibétaine parle sa langue.

— Je suis chinoise, a répondu Wen d'un ton triste. Mais je suis au Tibet depuis 1958. »

Comment expliquer ce qui lui était arrivé ?

La femme et ses amis étaient stupéfaits. Ils l'ont submergée d'un flot de questions.

« Comment êtes-vous venue ici ? Etiez-vous prisonnière ? Quand avez-vous appris à parler tibétain ? Vous vivez avec des Tibétains ? Comment vous traitent-ils ? Votre famille est ici avec vous ? »

Un des hommes du groupe a suggéré de trouver un endroit loin de la foule pour converser tranquillement.

« Nous avons beaucoup de choses à vous demander, a-t-il dit, mais j'ai le sentiment que vous aussi, vous avez des questions à nous poser. Allons nous asseoir sur cette colline là-bas. »

Le petit groupe s'est installé en cercle sur la colline. En plus de l'homme, qui, a-t-il dit à Wen, venait du Hubei et travaillait dans l'agriculture, il y avait un jeune homme et une jeune femme du Henan, techniciens dans un hôpital tibétain, et une femme plus âgée originaire du Sichuan qui était professeur. Ils étaient tous venus au Tibet pour des raisons différentes. Les jeunes gens lui ont expliqué qu'ils avaient profité des avantages financiers offerts par le gouvernement chinois pour s'installer au Tibet ; les emplois ne manquaient pas. L'homme plus âgé a raconté qu'il était venu au Tibet dans les années soixante-dix quand il y avait eu des offres pour les travailleurs agricoles du Hubei, car la situation politique était alors difficile en Chine. La femme a dit que, comme le Sichuan était proche de la frontière tibétaine, elle était venue au Tibet dans les années soixante pour « aider les régions frontalières ».

Il a fallu un peu de temps à Wen pour leur expliquer comment il se faisait qu'elle portait des vêtements tibétains, pourquoi son visage était buriné et ses mains rêches. Quand elle s'est arrêtée de parler, personne n'a soufflé mot. Ils se contentaient de la regarder, incrédules.

C'est la femme qui a rompu le silence : « Vous savez, n'est-ce pas, que les affrontements entre Chinois et Tibétains ont pris fin il y a longtemps ? »

Wen n'a pas répondu ; la tête lui tournait. Il lui semblait impossible de faire comprendre à ces gens l'existence isolée qu'elle avait menée. Ils ignoraient presque tout des plaines désertiques du Qinghai ou de la vie nomade. Ils vivaient au Tibet mais restaient enfermés dans leurs communautés chinoises. Comment leur dire qu'elle avait vécu dans un endroit où il n'y avait ni politique, ni guerre, seulement l'autosuffisance tranquille d'une vie communautaire où l'on partageait tout – et un espace illimité où le temps s'étendait indéfiniment ?

« Je vous en prie, dites-moi, a-t-elle fini par demander, quelle est la situation actuelle entre la Chine et le Tibet ? »

La femme et ses amis se sont regardés.

« Pendant le temps que vous avez passé au Tibet, a dit la femme, la Chine a beaucoup changé. Peut-être plus que vous ne pouvez l'imaginer. Nous ne savons pas exactement ce qui se passe au Tibet et nous comprenons mal pourquoi le dalaï-lama est parti. »

Depuis ses conversations avec Zhuoma il y avait des années de cela, Wen n'avait pas beaucoup pensé au dalaï-lama, mais elle a été néanmoins choquée d'apprendre qu'il ne vivait plus dans le Potala, comme elle l'avait cru.

« Mais pourquoi est-il parti ? a-t-elle demandé.

— Je ne sais pas, a répondu la femme. J'ai entendu des gens dire que les relations entre le gouvernement chinois et le dalaï-lama avaient d'abord été plutôt bonnes et qu'au début des années cinquante, le gouvernement communiste avait l'appui du peuple tibétain et l'approbation de l'élite tibétaine. Sinon, pourquoi le dalaï-lama, qui s'était réfugié dans le minuscule village frontalier de Yadong, serait-il retourné à la capitale, Lhassa ? Et pourquoi aurait-il envoyé des représentants à Pékin en 1951 pour signer l'Accord du gouvernement communiste pour la libération pacifique du Tibet, faisant du Tibet une région autonome de la Chine ? Apparemment, la rencontre de 1954 entre le dalaï-lama et le président Mao Zedong a été très amicale, et le dalaï-lama a été impressionné par l'intelligence et les aptitudes de Mao Zedong. Le poème qu'il a écrit en l'honneur du président Mao et la Roue d'Or de Mille Bénédictions qu'il a présentée à Pékin en sont la preuve. Cette année-là, lui et le panchen-lama ont accepté le mandat du gouvernement chinois au Congrès du peuple, ce qui montrait bien que le Tibet adhérait au régime de Pékin.

— C'est l'avis de certains, l'a interrompu le plus âgé des hommes, mais d'autres pensent que le dalaï-lama était jeune et influençable. Le gouvernement de Pékin l'a manipulé. Mais, même s'ils ont réussi à l'influencer sur des problèmes mineurs, ils n'ont pu lui faire abandonner sa foi en l'indépendance du Tibet. On peut dire aussi qu'au début des années cinquante, Mao n'avait aucune intention d'user de la force au Tibet et qu'il était trop fin pour interférer avec le gouvernement tibétain, mais aurait-il toléré un Tibet indépendant ? Il est aisé de comprendre pourquoi il a envoyé l'armée en 1958. Il y avait des troubles dans le sud-ouest de la Chine et Chiang Kai-shek avait annoncé qu'il regroupait ses forces à Taiwan pour lancer une attaque contre les communistes. Il était essentiel que Mao contrôle le Tibet. La seule raison pour laquelle il avait laissé le Tibet tranquille après 1949, c'était que la guerre de Corée avait mobilisé les forces et les ressources de l'Armée de libération ailleurs. Mais, à la fin des années cinquante, l'Armée de libération avait eu le temps de se refaire une santé et était prête à s'occuper du Tibet. Le dalaï-lama acceptait des armes de l'Occident et apportait son soutien tacite au Mouvement d'indépendance du Tibet. Mao n'avait plus d'autre choix que d'envoyer l'armée. »

La femme a repris la parole :

« Qui peut savoir la vérité ? Le dalaï-lama était déchiré. D'un côté, la promesse du gouvernement chinois de permettre au Tibet de choisir son mouvement de réforme était rompue. Des campagnes politiques avec des slogans tels que “Tuez les riches, aidez les pauvres”, “Egalité universelle” et “Tolérance zéro pour la religion” minaient l'autorité des seigneurs féodaux du Tibet et ébranlaient la confiance du dalaï-lama en Pékin. D'un autre côté, il ne voulait pas mettre Pékin en colère. Et il a essayé de jouer sur les deux fronts ; il a joué un rôle dans les projets politiques lancés par le gouvernement chinois sans contrecarrer les efforts du Mouvement d'indépendance du Tibet qui fomentait une rébellion militaire au sein de l'Armée des défenseurs de la foi. Il était entre deux chaises ; il a fini avec rien. Pékin a envoyé ses soldats pour détruire l'union ancestrale entre l'Eglise et l'Etat au Tibet, et l'Armée des défenseurs de la foi, malgré le soutien occidental, a été incapable de protéger le trône du dalaï-lama. Dans sa hâte à fuir, le dalaï-lama n'a même pas osé porter ses propres vêtements. On lui avait dit de source sûre que l'Armée de libération au Tibet cherchait à le faire prisonnier pour le punir d'avoir essayé de rompre avec la Chine. C'est pour cela que de si nombreux Tibétains ont monté la garde autour du Potala, pour protéger leur chef spirituel – incident qui, selon Pékin, a servi de détonateur. »

Les jeunes gens du groupe n'avaient rien dit jusque-là. Le jeune homme a alors demandé : « Mais si la fuite du dalaï-lama a été si soudaine, pourquoi y a-t-il eu tant de rumeurs sur le trésor du Potala qui aurait été sorti du pays un ou deux ans avant que tout cela n'éclate, et comment se fait-il que le dalaï-lama ait eu tout son trésor avec lui en exil ? Le défunt Zhou Enlai disait que le dalaï-lama avait un aspect divin quand il vivait au Potala, mais que si un dieu quitte son temple, son auréole de sainteté est ternie. Je crois que, maintenant que le dalaï-lama n'est plus au Tibet, il a abandonné la lutte pour l'indépendance.

— Je ne suis pas sûre que tu aies raison, a déclaré la plus âgée des femmes. Je crois qu'il désire rentrer. Grâce à ses efforts, de plus en plus de gens dans le monde ont commencé à s'intéresser au Tibet. Le gouvernement nous dit qu'il a essayé à plusieurs reprises de nouer un dialogue avec le dalaï-lama, mais que celui-ci a toujours refusé tout contact. De nombreux Tibétains à qui j'ai parlé m'ont affirmé le contraire. Qui croire ? »

Elle a regardé Wen avec un triste sourire.

La tête de Wen lui tournait. Jamais auparavant elle n'avait entendu de conversation politique comme celle-là. Quand elle était jeune, elle avait été inspirée par des idéaux politiques, mais ses amis et elle avaient tous les mêmes croyances. Elle doutait de pouvoir jamais démêler toutes ces informations confuses qu'on venait de lui donner. La vérité, a-t-elle pensé, sera toujours fuyante parce que les hommes ne pourront jamais retrouver le passé tel qu'il s'est véritablement déroulé. Il se faisait tard quand le groupe est redescendu de la colline. Trouver son mari était beaucoup plus important pour Wen que d'être informée des changements politiques. Elle était déterminée à savoir si ces gens pouvaient l'aider, avant de les quitter. Mais aucun d'eux n'avait beaucoup de conseils pratiques à lui donner. Eux-mêmes avaient du mal à recevoir des lettres de Chine.

« Si vous allez à Lhassa, a dit la femme, les officiers de l'armée auront peut-être d'autres informations, et ils vous aideront à rentrer en Chine. »

Wen l'a remerciée. Même si, de tout son cœur, elle voulait retourner à Suzhou et serrer ses parents et sa sœur dans ses bras, tant qu'elle n'avait pas de nouvelles de Kejun et de Zhuoma, elle ne pouvait pas quitter le Tibet. Elle a alors regardé s'éloigner les premiers Chinois qu'elle rencontrait depuis des années. Un instant, elle a été tentée de courir après eux, mais elle s'est maîtrisée. Elle n'appartenait plus à leur groupe désormais. Ge'er et Ped étaient sa famille.

De retour à sa chambre de la pension, elle a trouvé un lama assis sur le sol devant sa porte, en train d'égrener son chapelet. Quand elle s'est approchée, il a levé les yeux vers elle.

« On m'a dit que vous cherchiez une femme du nom de Zhuoma.

— Oui, a répondu Wen avec impatience. Vous savez quelque chose ?

— Moi aussi je la cherche, a dit le lama. Il y a des années, j'étais son serviteur. Nous avons été séparés pendant un orage alors que nous voyagions ensemble. J'ai erré pendant des jours et des jours à sa recherche, et je serais mort si un lama de ce monastère qui cueillait des herbes médicinales dans les montagnes ne m'avait pas trouvé et porté jusqu'ici. Depuis, j'ai voué ma vie à ce monastère, mais je n'ai jamais cessé de demander à tous les visiteurs s'ils avaient des nouvelles de ma chère maîtresse. »

Wen avait du mal à parler : « Vous êtes Tienanmen ? »

Le lama, surpris, a répondu : « Oui. C'est elle qui m'a nommé ainsi. »

Pendant les jours qui ont suivi la cérémonie du Dharmaraja, Tienanmen a rendu visite à Wen, Ge'er et Ped dans les intervalles de la lecture des Ecritures dans le grand hall du monastère. En apprenant l'histoire de Zhuoma, il a tordu ses grandes mains à en faire craquer les articulations. Il semblait préoccupé. Il leur a dit qu'il avait fait à l'abbé une requête pour obtenir un congé du monastère. Il désirait se joindre à eux pour chercher Zhuoma. Par la suite, il est venu leur dire qu'il avait eu gain de cause. De plus, l'abbé était prêt à bénir leur recherche, qui unissait le destin des Tibétains et celui des Chinois. Tienanmen les a conduits au lama principal, qui a écouté patiemment leur requête.

« Sur le haut plateau, a-t-il déclaré, le ciel peut changer, les gens peuvent changer, les yaks et les moutons, les fleurs et les pâturages, tout peut changer, mais pas les montagnes sacrées. Si vous laissez des messages sur les treize montagnes sacrées, ceux qui connaissent Zhuoma les trouveront. La vie débute avec la nature et retourne à la nature. »

Il a donné à Wen un stylo-bille qui, lui a-t-il dit, était un trésor moderne appartenant au monastère. Wen était aux anges. Pour elle, ce stylo était sans prix : rédiger son journal était devenu sa principale consolation et sa pierre colorée ne laissait plus que de faibles traces sur les pages de son livre. Ce soir-là, elle a écrit en claires lignes noires.

Ped, elle, semblait triste de quitter le monastère. Maintenant que le frère de Zawang y était rentré avec le lama principal, Zawang passait moins de temps en sa compagnie. A chaque fois que les lamas étaient libérés de leurs tâches quotidiennes, Zawang partait en courant bavarder avec le frère qu'il n'avait pas vu depuis dix ans. Comment Ped allait-elle survivre, se demandait Wen, après avoir été habituée à une telle compagnie ? Mais elle se faisait du souci inutilement. La veille de leur départ, Ge'er vint lui dire que Zawang était désireux de partir avec eux. Il semblait que lui aussi ne pouvait supporter l'idée d'être séparé de Ped. Des messagers à cheval furent envoyés à Gela et à la famille de Zawang pour les informer de la découverte de Tienanmen et de la décision de Zawang de se joindre aux recherches. Ils avaient déjà envoyé auparavant ce genre de messages, mais ils n'avaient jamais reçu de nouvelles de la famille de Gela. Wen espérait que ces messages trouveraient leurs destinataires.

Le monastère leur avait fourni des chevaux et des provisions. Comme ils se mettaient en selle, Wen a remarqué que Tienanmen avait chargé sa selle de rouleaux de soie. Elle a pensé qu'en tant que lama, il devait emporter avec lui des Ecritures. Une fois en chemin, toutefois, Tienanmen lui a expliqué que c'étaient en fait des messages pour demander des nouvelles de Zhuoma. Le monastère lui avait enseigné bien des choses, dont l'écriture. Il lui a parlé des débats autour des Ecritures, quand les lamas se réunissaient pour discuter de leur interprétation au cours d'un échange rhétorique comportant un ensemble de règles bien particulières. Que le taciturne Tienanmen permette à Wen de pénétrer ainsi dans son monde le lui a rendu plus proche.

Combien de temps passèrent-ils dans ce voyage autour des montagnes sacrées du Qinghai ? Wen perdit le sens des jours et des semaines. Son petit groupe avançait péniblement, fermement décidé à trouver Zhuoma, sans s'effrayer des distances à parcourir et des difficultés qu'il rencontrait. Entre les montagnes sacrées géantes, il y avait d'autres montagnes qu'il fallait franchir. Mais tous refusaient de s'avouer vaincus : ils ne s'arrêteraient pas avant d'avoir laissé les rouleaux de Tienanmen sur les treize montagnes.

Quelque part entre la première et la troisième montagne, Ge'er donna son consentement au mariage de Zawang et Ped. Les montagnes silencieuses leur servirent de témoins. « Nous vivons sous le regard des divinités, dit Ge'er. Cette union fait partie du plan divin. » Wen se demanda si Ped, avec son don de prédiction, avait toujours eu l'intuition de ce mariage. Peut-être était-ce pour cela qu'elle avait attendu si longtemps avant de s'unir à quelqu'un, défiant ostensiblement la coutume tibétaine qui voulait que l'on se marie jeune. Les divinités la guideraient-elles le long de son chemin, elle aussi ? Elle sentait leur présence de plus en plus souvent dans sa vie.

A la cinquième montagne, Ped donna naissance à une fille qu'elle nomma Zhuoma.

Wen s'inquiétait de cet ajout d'un bébé à leur groupe. Ce voyage sans répit éprouvait Ped de façon intolérable et il ne lui semblait pas juste que celle-ci mette en danger à la fois sa vie et celle du bébé en continuant leur quête. Wen s'en ouvrit à Tienanmen et Ge'er, et ils se mirent d'accord pour que Ge'er accompagne Ped et Zawang jusqu'à un endroit où ils pourraient construire une vie décente pour leur famille. Il irait ensuite retrouver Gela et Saierbao : il était resté loin de son frère et de sa femme pendant trop longtemps, et le temps était venu pour lui de les rejoindre. Tienanmen protégerait Wen. Tienanmen suggéra à Ge'er d'emmener le jeune couple vers le sud-est. Il avait entendu dire au monastère que, dans cette région, les Chinois et les Tibétains cohabitaient.

Ped et Zawang trouveraient du travail, et leur fille pourrait aller à l'école.

Wen a regardé le cheval de Ge'er s'éloigner, suivi de Ped et Zawang, en se demandant si elle les reverrait jamais. Le reste de sa vie ne serait pas suffisant pour lui permettre de dédommager Ge'er et sa famille de ce qu'ils avaient fait pour elle. *Om mani pedme hum,* a-t-elle murmuré en regardant disparaître les silhouettes dans la montagne.

Sur la neuvième montagne, ils trouvèrent le message de Zhuoma. La montagne était couverte de monticules de pierres *mani* sur lesquelles étaient gravés le mantra *mani* et des passages des Ecritures bouddhiques.

« C'est le Sûtra du Diamant, a dit Tienanmen. Il y a un chapitre d'Ecritures pour chaque cairn.

— Je peux les toucher ? a demandé Wen.

— Oui, a répondu Tienanmen. Quand on met ses doigts sur les mots, on sent la présence des divinités. »

Pendant un moment, ils sont allés chacun de leur côté, marchant autour des cairns, lisant les prières gravées dans la pierre. En les regardant, Wen a essayé d'imaginer combien de générations de mains avaient gravé ces paroles sacrées, les empilant sur cette montagne où elles allaient rester pendant des milliers d'années. Soudain Tienanmen a poussé un cri. Wen s'est retournée. Il brandissait une *khata* blanche qu'il avait prise sur une rangée de drapeaux de prières flottant au vent et criait quelque chose d'incompréhensible. Quand elle l'a rejoint, il était trop troublé pour parler. Elle lui a pris l'écharpe des mains. Dessus était écrit un message simple : *Zhuoma cherche Tienanmen. Elle l'attend à la prochaine montagne, près de la hutte du tailleur de pierre.*

Leurs cœurs battaient à tout rompre en chevauchant en direction des montagnes avoisinantes. Depuis combien de temps ce message était-il là ? Zhuoma aurait-elle attendu ? Il leur a fallu plusieurs jours. Quand ils ont atteint le pied de la montagne, ils ont vu au loin une hutte de tailleur de pierre et, debout au-dessus, la silhouette d'une femme. Ils ont lancé leurs chevaux au galop, la femme s'est retournée. C'était Zhuoma.

Pendant un long moment, ils sont restés tous trois silencieux. Aucun mot ne pouvait exprimer l'intensité de leur émotion. Wen est descendue de cheval et a étreint son amie qu'elle n'avait pas vue depuis plus de vingt ans. Derrière elle, Tienanmen a salué son ancienne maîtresse avec des larmes muettes. Il l'avait trouvée, mais il ne pouvait la prendre dans ses bras. Au Tibet, une femme ne peut ne fût-ce que toucher la main d'un homme qui a dédié sa vie au Bouddha.

A en juger par le silence de Zhuoma sur ce sujet, elle ne désirait pas parler de ce qui lui était arrivé depuis son enlèvement. Wen et Tienanmen ne voulaient pas risquer de froisser sa dignité en lui posant des questions. Ils apprirent seulement qu'on l'avait emmenée dans la ville chinoise de Xining, dans le nord-est du Qinghai, et qu'elle y avait passé de nombreuses années avant de trouver un moyen d'en partir. Deux ans durant, elle avait cherché la famille de Gela. Quand elle avait fini par la trouver, Wen était partie depuis longtemps.

Comment en était-elle venue à laisser des messages sur les montagnes sacrées ? lui a demandé Wen, étonnée que le destin leur ait suggéré à toutes deux d'agir de la même façon.

« Un tailleur de pierre *mani* m'a dit quelque chose que je n'oublierai jamais, a rétorqué Zhuoma : "Les Tibétains trouvent toujours ce qu'ils ont perdu dans les montagnes sacrées." J'ai décidé que, chaque année, je rendrais visite à toutes les montagnes sacrées et que si je n'avais pas reçu de nouvelles l'hiver, je retournerais à la première montagne au printemps et recommencerais le voyage. Et c'est ce que j'ai fait, a-t-elle ajouté en jetant un regard triste à Tienanmen. J'ai visité chaque montagne plus d'une fois et maintenant les montagnes m'ont rendu ce que j'avais perdu. »

Elle s'est tournée vers Wen :

« As-tu trouvé ton Kejun ? »

Wen s'est contentée de secouer la tête.

« Alors, a dit Zhuoma, je veux t'aider à retrouver ce que tu as perdu. Dis-moi, je t'en prie, ce que je dois faire. »

Les mots de Zhuoma semblèrent à Wen un cadeau du ciel. Depuis qu'elle avait rencontré les Chinois à Wenshugompa, elle avait réfléchi à ce qu'elle avait appris sur la présence chinoise au Tibet.

« J'aimerais me rendre à Lhassa, a-t-elle dit. Je crois que là, je trouverai des membres de l'armée chinoise. Il est possible qu'ils aient gardé quelque trace de ce qui est arrivé au régiment de mon mari. »

Zhuoma a jeté un regard interrogateur à Tienanmen.

« Je vous emmènerai toutes deux à Lhassa, a-t-il dit, mais, après ça, je serai obligé de rentrer au monastère. »

Wen ne regardait pas Zhuoma. Elle était trop émue à la pensée que son amie devrait affronter une fois de plus la perte de l'homme qu'elle aimait.

Je pensais à Wen et à Zhuoma face à face, les cheveux gris, craignant de parler trop, se méfiant des questions. Toutes deux savaient qu'il valait mieux ne pas aborder certains sujets. Qu'elles n'en auraient pas la force. Qu'après tant d'années de chagrins et de changements, leurs cœurs ne le supporteraient pas.

Je me suis souvent demandé ce qui avait pu arriver à Zhuoma pendant tout ce temps. Elle a probablement été enlevée pour servir de femme à quelqu'un. Cela arrivait souvent dans les contrées bordant la Route de la Soie. Pendant des générations, les Mongols, les Tibétains et les Chinois vivant aux abords de cette route ont compté sur les caravanes de voyageurs pour se procurer des femmes. Parfois, si la femme était riche, les kidnappeurs passaient un marché avec elle et elle ne restait que pendant un certain temps avec le mari. Peut-être avait-ce été le cas de Zhuoma ? Quand elle a retrouvé Shu Wen et Tienanmen, elle portait toujours ses parures ancestrales. Ce qui indiquait que son mari était peut-être riche et puissant, et qu'il avait respecté les biens de sa femme. Quoi qu'il en soit, et si ce que je suppose est vrai, il est difficile d'imaginer comment une femme éduquée telle que Zhuoma a pu survivre à toutes ces années de mariage forcé, ou comment elle s'est adaptée à sa vie par la suite.

7

Le vieil ermite Qiangba

Wen, Zhuoma et Tienanmen ont pris la direction du sud. Quand ils ont atteint la région connue sous le nom des Cent Lacs et vu le grand lac Dongi Tsoua, qui s'étendait telle une mer au pied du mont Amnye Machen, c'était l'été. Le vent était doux et le soleil leur dispensait chaleur et bien-être. Comme ils approchaient du rivage, ils ont été surpris d'y trouver de très nombreuses tentes. Wen savait que les nomades ne se rassemblaient que rarement. Une fête importante devait avoir appelé ces gens à se réunir ici. C'était durant les mois d'été, quand les yaks et les moutons étaient gras, que les Tibétains se montraient le plus sociables.

Ils ont dressé leur tente et attaché leurs chevaux. Ce soir-là, Tienanmen a fait le tour des autres tentes pour troquer de la nourriture contre un des bijoux que Zhuoma avait gardés pendant des années. Quand il est revenu, il a dit qu'un opéra à cheval allait avoir lieu dans deux jours. Wen était intriguée par la notion d'opéra à cheval. Zhuoma se souvenait de tels spectacles dans son enfance.

Les acteurs étaient des lamas entraînés tout exprès, lui a-t-elle expliqué, qui chevauchaient en costumes. Il n'y avait ni récitations ni chants ; c'étaient les dessins que faisaient les hommes en chevauchant au son de la musique qui déroulaient l'histoire.

Cette nuit-là, malgré la fatigue du voyage, Wen n'a pu s'endormir. Un faible chant dans le lointain la tenait éveillée. C'était une chanson qui ne ressemblait à rien de ce qu'elle avait entendu auparavant. Ce n'était peut-être que le produit de son imagination. Zhuoma et Tienanmen dormaient paisiblement.

Le lendemain matin, lorsque Wen a parlé à Zhuoma de la chanson de la nuit, celle-ci lui a dit que les vieilles gens prétendaient que des voix de fantômes descendaient des montagnes. Un petit frisson a parcouru l'échine de Wen.

Les deux femmes avaient décidé de passer la journée à explorer à cheval le tour du lac et elles se sont mises en route de bonne heure, emportant avec elles une outre de cuir. Comme elles se dirigeaient vers l'est en suivant la rive, elles ont vu des oiseaux fouiller le sol et jouer au bord de l'eau miroitante. Quelques légers nuages filaient dans le ciel d'un bleu immaculé et des oiseaux au vol planant reliaient le ciel et la terre. La scène rappelait à Wen le delta du Yangtse, le fleuve qui passait par sa ville natale, et les lacs Dongting et Taihu avec leurs bateaux dansant sur l'eau et leurs petits ponts de pierre et de bois. A demi perdue dans ses pensées, elle a raconté à Zhuoma une journée où Kejun et elle avaient fait une course de bateaux de papier sur le lac Taihu. Le bateau de Wen avait glissé d'une traite jusqu'au centre du lac, alors que celui de Kejun avait chaviré dès le départ. Comme c'était étrange de penser qu'au Tibet, le minuscule bout de papier nécessaire pour faire un bateau coûtait plus cher qu'un repas !

Zhuoma a tiré sur les rênes. « Tu entends quelqu'un chanter ? »

Quand le bruit des sabots de leurs chevaux s'est arrêté, le son a flotté jusqu'à elles très clairement ; il y avait une voix, une voix d'homme chantant une mélodie triste. Zhuoma a vu deux petites filles portant de l'eau et a dirigé son cheval vers elles.

« Vous entendez ce chant ? » leur a-t-elle demandé.

Les fillettes ont acquiescé d'un mouvement de tête.

« Vous savez qui c'est ? »

La plus âgée des deux a désigné du doigt un point minuscule de l'autre côté du lac.

« C'est le vieil ermite Qiangba, a-t-elle dit. Il chante là-bas tous les jours. Je l'entends toujours quand je viens chercher de l'eau. Ma mère dit que c'est l'esprit gardien du lac. »

Les deux femmes sont parties en direction du chanteur, mais elles ont eu beau chevaucher pendant deux heures, le lac était si grand que l'ermite semblait toujours aussi loin. Elles ne voyaient pas son visage, seulement ses vêtements en lambeaux qui flottaient au vent. De loin, le grand rocher sur lequel il était assis semblait posé au milieu de l'eau. Quand elles ont été plus près, elles ont vu qu'il se tenait à la pointe d'une avancée de terre sur le lac.

« Que chante-t-il ? a demandé Wen à Zhuoma.

— Cela ressemble à un extrait de la grande légende du roi Guésar, a répondu Zhuoma. La même histoire que celle qui sera jouée à dos de cheval pour l'opéra de demain. La légende se transmet de conteur en conteur depuis des siècles. C'est l'histoire la plus longue du monde. Les gens la connaissent dans tout le Tibet, mais elle est particulièrement chère aux gens de cette région parce que c'est ici, à la source du fleuve Jaune, que le roi Guésar a bâti son royaume. »

Zhuoma pensait qu'il serait peut-être plus facile d'atteindre l'ermite en prenant par l'autre rive du lac et elle a suggéré d'essayer le lendemain. Comme elles rebroussaient chemin, elle a raconté à Wen la légende du roi Guésar.

Guésar était né dans la famille souveraine de l'ancien royaume de Ling. C'était un enfant d'une bravoure et d'une intelligence inhabituelles. Mais, quand il fut en âge de monter sur le trône, son oncle Todong, qui voulait le pouvoir pour lui seul, exila Guésar et sa mère dans une vallée où le fleuve Jaune prenait sa source. La vallée était sombre, froide et désertique, ni le soleil ni la lune n'y brillaient, et elle était infestée de démons. Guésar et sa mère amadouèrent les esprits malins et soumirent les démons, mirent de l'ordre dans les rivières et les pâturages, et transformèrent la vallée en un paradis fertile pour les bergers, avec de luxuriantes prairies regorgeant de yaks, de chevaux et de moutons. Les cieux envoyèrent par la suite des blizzards et des gelées pour punir Todong, rendant le royaume de Ling inhospitalier. Le peuple demanda à Guésar de lui permettre de le rejoindre, et celui-ci, de bonne grâce, aida les six tribus de Ling à s'installer près de la source du fleuve Jaune. C'est pourquoi tous les Tibétains vivant dans cette vallée se considérèrent comme des descendants du royaume de Ling – et des enfants de Guésar.

De retour sous leur tente, les deux femmes ont trouvé Tienanmen devant un fourneau qu'il avait construit avec de grandes pierres, sur lequel trônait un pot exhalant une odeur de viande délicieuse. Il avait réussi à se procurer un demi-mouton et l'avait préparé à la mode chinoise.

« Qui t'a appris à cuisiner à la chinoise ? a demandé Zhuoma, surprise.

— Vous, a répliqué Tienanmen. Vous me l'avez montré à votre retour.

— Impossible ! a dit Zhuoma. Je ne savais même pas faire la *tsampa* à cette époque, encore moins la cuisine chinoise. »

Tienanmen a souri.

« Mais vous m'avez parlé des plats chinois que vous aviez mangés à Pékin, et du goût de leur ragoût de mouton. Mon père disait : “Il suffit de sentir son crottin pour savoir ce que le cheval a mangé. Il suffit de boire de la bière pour savoir comment l’orge a été moissonnée.” Ne m’avez-vous pas dit que les Chinois cuisent le mouton avec des herbes douces, qu’il est tendre et se sert accompagné d’un bouillon salé ? C’est ainsi que je l’ai préparé. »

Zhuoma et Wen ont éclaté de rire.

« Tu m’as dit qu’il ne posait jamais de questions, a dit Wen à Zhuoma. Mais écouter, ça, il sait ! »

Le mouton de Tienanmen était délicieux. Wen ne se souvenait d’aucun plat accommodé avec ces herbes-là, mais elle n’en a rien dit. Elle n’a jamais su quelles herbes il avait employées.

Pendant le repas, Tienanmen leur a raconté avoir entendu dire que plus d’un millier de personnes étaient attendues pour assister à l’opéra du lendemain. Ils pourraient profiter de l’occasion pour enquêter sur le mari de Wen. Les trois amis ont passé la soirée dans la bonne humeur, sûrs que tous leurs vœux se réaliseraient bientôt. Wen s’est endormie en pensant à Kejun. Peut-être n’aurait-elle pas besoin d’aller jusqu’à Lhassa. Peut-être que les montagnes sacrées lui rendraient, après tout, ce qu’elle avait perdu. Pendant la nuit, le chant de l’ermite s’est insinué dans ses rêves. Kejun et elle suivaient un grand maître, qui choisissait des pierres *mani* pour eux sur l’une des montagnes sacrées…

Le lendemain matin, une foule de gens ont commencé à s'assembler sur la colline. Comme le spectacle avait lieu dans la plaine, les pentes offraient une vue claire de l'action. Wen n'avait rien vu de semblable depuis la cérémonie du Dharmaraja à Wenshugompa. Côtoyer autant de gens l'exaltait et lui faisait peur à la fois. Zhuoma, Tienanmen et elle sont arrivés tôt, alors que les lamas étaient encore en train de se maquiller et de préparer leurs costumes. Par les ouvertures des tentes des acteurs, ils ont vu nombre d'accessoires magnifiquement colorés. Quelques jeunes hommes se tenaient autour des tentes, essayant des chapeaux, des casques et des guirlandes. D'autres dansaient, chantaient et agitaient des drapeaux colorés. Il régnait une atmosphère d'intense émotion.

Au son de quelques notes jouées sur un simple instrument à cordes, le spectacle a commencé.

Wen craignait de ne pas comprendre l'action, mais les mouvements stylisés des acteurs à cheval étaient clairs. L'opéra racontait la partie de la légende où Guésar était envoyé sur terre par le bodhisattva Chenresig, qui veillait sur le monde des hommes, pour débarrasser l'humanité des esprits malins et des démons, apaiser la violence et secourir les faibles. L'esprit gardien de la foi et l'esprit de la guerre accompagnaient Guésar dans le monde des hommes. Guésar remportait la course de chevaux à l'issue de laquelle le souverain du royaume de Ling était choisi, et on lui donnait le titre de roi Guésar et roi des divinités guerrières. A leur tête, Guésar s'embarquait dans une campagne militaire à travers tout le pays, apportant paix et stabilité à la nation. Cette grande tâche accomplie, les divinités rejoignaient les cours célestes.

Les lamas rappelaient à Wen les personnages de l'Opéra de Pékin qu'elle avait vus dans les maisons de thé de Nankin, si ce n'est qu'ils étaient à cheval. Brandissant des drapeaux et des bannières, ils chevauchaient en adoptant des attitudes variées et en poussant des cris et des rugissements étranges. Tout cela lui rappelait l'épisode du *Voyage vers l'Ouest* où le Roi Singe cause du désordre au ciel. Zhuoma, à côté d'elle, lui expliquait d'une voix calme les passages que Wen ne comprenait pas :

« Ça, c'est le combat avec le roi Démon. Ça, la belle concubine du roi qui prie pour lui. Ce méchant est son oncle Todong, qui se rengorge dans les coulisses. »

Wen était pleine d'admiration pour la façon dont les gestes des acteurs s'inspiraient de la vie quotidienne. Elle était surprise que les acteurs-lamas, enfermés dans leurs monastères, connaissent si bien ces gestes. Mais peut-être n'y avait-il pas tant de différence entre l'intérieur et l'extérieur d'un monastère. Elle en venait petit à petit à comprendre que le Tibet tout entier était un grand monastère. Tous ses habitants étaient inspirés par le même esprit religieux, qu'ils portent ou non des robes de moines.

Le soir venu, les lamas ont attaché leurs montures et remballé leurs costumes, puis les spectateurs se sont installés autour de feux de camp et ils ont bu de la bière d'orge et du thé au beurre. Des moutons entiers rôtissaient sur les feux et l'odeur en imprégnait l'air tandis que la graisse crachait et grésillait comme un feu d'artifice.

Soudain, il y a eu un grand cri et tout le monde s'est précipité pour voir ce qui se passait. Quelqu'un a crié qu'on apporte de l'eau chaude et qu'on trouve un *menba*.

Zhuoma s'est faufilée dans la foule pour entendre ce qui se disait.

« Il y a une femme qui accouche, a-t-elle traduit pour Wen. Il semble qu'elle soit en difficulté et sa famille implore de l'aide. Tu peux faire quelque chose ? »

Wen hésitait. Au cours de toutes ses années au Tibet, elle n'avait guère eu d'occasions de se servir de son savoir médical. La barrière de la langue, l'utilisation d'herbes différentes, le fait que les Tibétains s'en remettaient souvent à la prière lorsque quelqu'un était gravement malade avaient rendu inutile son savoir durement acquis. Serait-il raisonnable de prétendre aider à un accouchement difficile ?

Zhuoma voyait son hésitation.

« Viens, a-t-elle dit. Ils sont désespérés. Viens au moins voir. »

Dans une tente pauvrement meublée, gisait une femme au visage couleur de cendre. Tout son corps était secoué de spasmes et strié de sang. On voyait la tête du bébé, mais le reste du corps ne pouvait pas sortir car le cordon ombilical était enroulé autour du cou. Plus dangereux encore, la famille de la femme l'incitait à pousser et le bébé virait au pourpre, étranglé par le cordon qui se resserrait de plus en plus.

Wen a crié à l'adresse de la femme de cesser de pousser. Tout en se lavant les mains, elle a hurlé des instructions à Zhuoma sur la façon de l'assister. Réduite au silence et impressionnée par son air efficace, la famille se tenait à l'écart et regardait.

Wen a repoussé précautionneusement la tête du bébé dans l'utérus de la mère. Elle a essayé de se souvenir de ce qu'elle avait appris à la faculté de médecine. Dans ce genre de cas, il fallait masser doucement l'utérus. Zhuoma a dit à tout le monde qu'elle était une *menba* chinoise, qu'elle utilisait des méthodes chinoises d'accouchement pour les aider. Wen a alors fait signe à la mère de pousser, et peu après le bébé est sorti, lentement mais sûrement. C'était un beau garçon. Au milieu de cris de joie, Wen a coupé d'une main experte le cordon ombilical, retiré le placenta et nettoyé le bas du corps de la femme avec une herbe médicinale que la famille lui a tendue. Puis elle les a regardés administrer au bébé, comme elle l'avait vu faire aux enfants d'Om et de Ped, un bouillon d'herbes pour le protéger des morsures d'insectes.

Wen a passé au père le bébé emmailloté ; il craignait de le prendre dans ses bras. Alors, il a ouvert sa robe et demandé à Wen d'y déposer l'enfant. Il était bouleversé. Il a dit à Wen et Zhuoma que sa femme et lui désiraient avoir un enfant depuis des années, mais que leurs espoirs avaient été déçus à chaque fois par des fausses couches ou des complications pendant le travail.

« Je connais maintenant un second *menba* chinois qui a fait une bonne action », a dit l'homme.

Wen s'est immobilisée. « Que voulez-vous dire ? Vous avez rencontré un autre médecin chinois ?

— Mon père m'a parlé d'un médecin chinois. Il m'a raconté qu'il y a longtemps, un médecin chinois a eu droit à des funérailles célestes et que, grâce à cela, les combats entre les Tibétains et les Chinois ont pris fin dans cette région. »

Wen a jeté un regard à Zhuoma. Son cœur battait la chamade et elle avait du mal à respirer.

Se pouvait-il que ce médecin ait été Kejun ?

A voir son émotion, Zhuoma l'a aidée à s'asseoir.

« Je ne connais pas les détails, a continué l'homme, mais mon père disait que le vieil ermite Qiangba connaissait l'histoire. »

A ce moment-là, un homme est entré précipitamment dans la tente et a offert à Wen une écharpe *khata* blanche comme neige, en remerciement. Puis il l'a conduite dehors vers la foule qui attendait et l'a accueillie par des sifflements et des cris de joie. Deux vieilles femmes qui étaient en train de cuire du mouton sur un feu lui ont présenté deux gros gigots en l'honneur de ce qu'elle avait fait. Wen n'a rejoint sa tente que quelques heures plus tard. Zhuoma et elle avaient décidé que, dès le lendemain matin, elles se mettraient en quête de Qiangba. Wen s'est allongée, la tête lui tournait un peu à cause de toute la bière d'orge qu'elle avait bue. Le vent soufflait au-dehors, faisant vaciller les lampes à beurre, mais elle a tendu l'oreille pour essayer de discerner le son d'un chant venant du lac.

Le jour suivant, l'opéra était consacré aux courses de chevaux, mais Wen et Zhuoma n'ont pas prêté attention à l'excitation et au remue-ménage des préparatifs quand elles ont pris la direction du lac. En approchant de l'endroit où elles avaient vu l'ermite, Wen était pleine d'espérance. Mais, à son grand dépit, la pierre où l'ermite était assis l'autre jour était vide et personne de ceux qui étaient venus chercher de l'eau au lac ne savait où il était parti. Les deux femmes se sont hâtées de rentrer pour questionner la foule assistant aux courses de chevaux, mais personne là non plus ne savait rien. Elles ont passé toute la journée au bord du lac à attendre, mais l'ermite ne s'est pas montré. Le mystérieux chanteur s'était évanoui, emportant son histoire avec lui.

Tous ceux à qui elles se sont adressées étaient sûrs qu'il reviendrait : c'était l'esprit gardien du lac. Mais, pour Wen, c'était un nouvel espoir qui s'évaporait et la déception était presque intolérable. Au bord de la folie, elle s'est éloignée des autres et a fait le tour du lac au grand galop en criant les noms de Kejun et Qiangba au vent.

Pendant plusieurs jours, Wen n'a pas prononcé un seul mot. Zhuoma a essayé de la consoler en lui disant qu'elles allaient sûrement trouver quelqu'un qui en saurait plus sur la légende locale du *menba* chinois, mais Wen n'a pas réagi. C'était comme si cette succession infinie de revers et de déceptions l'avait vidée de toutes ses facultés d'expression.

C'est Tienanmen qui l'a secouée de sa torpeur. Un matin à l'aube, Zhuoma et lui ont sellé leurs chevaux et encouragé Wen à les accompagner jusqu'à une montagne voisine.

« Je voudrais vous faire voir des funérailles célestes », a dit Tienanmen d'une voix calme.

Un rite funéraire venait juste de s'achever quand les trois amis ont atteint le sommet de la montagne. Des écharpes *khata* et des banderoles flottaient dans la brise, de petits morceaux de papier-monnaie dansaient et tourbillonnaient sur le sol tels des flocons de neige. Ils se sont retrouvés dans une grande enceinte au centre de laquelle il y avait une zone pavée en contrebas. Un chemin menait à deux autels en pierre.

Un homme est venu vers eux et s'est présenté comme le maître du rite. Il leur a demandé s'il pouvait quelque chose pour eux. Tienanmen s'est avancé et l'a salué.

« Nous aimerions qu'on nous parle du rite », a-t-il dit.

Le maître de cérémonie a eu l'air un peu surpris qu'on lui demande une telle chose, mais il était disposé à répondre.

« Les hommes font partie de la nature, a-t-il commencé. Nous arrivons dans ce monde de façon naturelle et nous le quittons de façon naturelle. La vie et la mort font partie de la roue de la réincarnation. La mort n'est pas à craindre. Nous attendons ardemment notre prochaine vie. Quand un feu de branches de mûrier brûle pour le rite, il déroule une voie à cinq couleurs entre ciel et terre, pour attirer les esprits vers l'autel. Le cadavre devient une offrande aux esprits et nous les invoquons pour qu'ils emportent l'âme au ciel. La fumée attire les aigles, les vautours et autres animaux de proie sacrés, qui se nourrissent du cadavre. Ce rite se perpétue en imitation du Bouddha Sakyamuni, qui s'est offert en sacrifice aux tigres. »

Wen a demandé d'un ton calme au maître d'expliquer en détail comment le cadavre était exposé aux vautours.

« D'abord, on lave le corps, a-t-il répondu, et on le rase, la tête et tout le corps. Puis on l'enveloppe dans un linceul de tissu blanc et on le place en position assise, la tête courbée sur les genoux. Quand un jour favorable a été choisi, un homme désigné porte le corps jusqu'à l'autel. Des lamas du monastère voisin viennent pour aider l'esprit sur son chemin, et tandis qu'ils psalmodient les textes sacrés qui libèrent l'âme du mort, le maître du rite souffle dans une trompe, allume le feu de mûrier pour convoquer les vautours et démembre le corps, en brisant les os dans un ordre prescrit par le rituel. Le corps est démembré de différentes façons, selon la cause de la mort, mais, quelle que soit la manière choisie, le travail de découpage doit être impeccable, sinon les démons viendraient voler l'esprit. »

Un souvenir des cours de dissection à l'université a alors traversé Wen, mais elle s'est astreinte à continuer à écouter.

« Les oiseaux refusent-ils parfois de manger un mort ? a-t-elle demandé.

— Comme les vautours préfèrent manger la chair sur les os, a répondu le maître du rite, nous donnons d'abord les os aux oiseaux. Parfois nous mêlons à l'os cassé du beurre de yak. Si quelqu'un a consommé une grande quantité d'herbes médicinales, son corps en garde le goût et les vautours n'aiment pas ça. Le beurre et d'autres ajouts le rendent plus savoureux. Il est essentiel que le corps entier soit mangé. Sinon les démons s'emparent du cadavre. »

Wen a jeté, pour la première fois, un regard sur le site du rite. Elle a entendu Tienanmen demander au maître s'il était vrai qu'un maître avait conservé les crânes de tous les cadavres qu'on lui avait apportés et avait construit un grand mur avec car, enfant, il avait assisté à un meurtre et voulait tenir en échec le fantôme du meurtrier. Elle n'a pas écouté la réponse du maître. Elle essayait de se réconcilier avec l'idée de laisser le bec pointu et vorace d'un vautour plonger dans la chair d'un être aimé. Après tout ce temps passé au Tibet, elle avait fini par comprendre bien des choses qui, au début, la dégoûtaient et lui semblaient horribles. La foi bouddhique faisait maintenant partie de sa vie. Pourquoi, alors, était-ce si difficile de croire, comme Zhuoma et Tienanmen, que ce rite était un acte naturel et sacré, et non un acte de barbarie ? Si Kejun était le *menba* chinois dont les gens parlaient, pourrait-elle le supporter ?

Avant de partir, elle s'est tournée vers le maître.

« Avez-vous jamais exécuté le rite pour un Chinois ? » a-t-elle demandé.

Le maître l'a regardée d'un air étrange. « Jamais. Mais le vieil ermite Qiangba, qui médite près du lac Dongi, raconte que lui, il l'a fait. »

De retour au lac Dongi, les trois amis ont dressé leur tente près de l'endroit où Qiangba avait l'habitude de chanter, pour pouvoir demander aux gens qui venaient puiser de l'eau s'ils savaient ce qui était arrivé à l'ermite. Certains leur ont dit que Qiangba était parti en marchant sur les vagues et en chantant. D'autres, que son chant avait appelé les esprits et qu'ils l'avaient mandé au ciel. Mais ils se refusaient à croire que Qiangba était parti pour toujours, emportant leurs espoirs avec lui.

Au bord du désespoir, ils ont décidé d'aller faire l'offrande d'une pierre *mani* qui leur porterait chance. Alors qu'ils se préparaient à partir, un homme de grande taille a galopé jusqu'à leur tente.

« C'est vous qui cherchez le vieil ermite Qiangba ? »

Etonnés, tous trois ont hoché la tête.

« Alors, venez avec moi. »

Puis l'homme a fait tourner son cheval et l'a fouetté. Sans prendre le temps de réfléchir, Wen et les autres ont laissé tomber leurs sacs, ils ont enfourché leurs montures et suivi l'étranger.

Ils sont vite arrivés devant une tente où ils ont tendu les rênes de leurs chevaux à une femme qui attendait sur le seuil ; puis ils ont suivi l'homme à l'intérieur. Près du poêle, quelqu'un dormait, enroulé dans un édredon épais. Seul son visage blême était visible.

« Qiangba ! » a murmuré Wen. Au bruit de la respiration de l'ermite, elle en a déduit que ses poumons étaient très affaiblis.

Le Tibétain leur a fait signe de rester tranquilles, puis les a fait sortir. Il devinait à leurs expressions anxieuses ce qu'ils allaient lui demander et il leur a dit de s'asseoir sur l'herbe.

« Ne vous inquiétez pas. Un matin, il y a environ une semaine, mes deux filles sont revenues du lac et ont dit que le vieil ermite Qiangba était assis là, sans chanter. Ma femme a trouvé cela étrange et elle m'a suggéré d'aller voir. Je suis parti à cheval avec mes filles au lac. Comme elles l'avaient dit, l'ermite était assis là, en silence, la tête penchée. Je me suis rapproché de lui, en criant son nom, mais il n'a ni répondu ni donné signe de vie. Il n'avait pas l'air bien, alors j'ai essayé de le secouer, mais il s'est effondré. Ses yeux étaient fermés, son front et ses mains étaient brûlants, alors je l'ai porté jusqu'ici sur mon cheval. Nous lui avons donné des herbes médicinales, mais ça ne semble pas lui faire beaucoup d'effet. Sa fièvre est tombée, mais il dort tout le temps et ne dit rien. Nous allons l'envoyer au monastère voisin pour que les lamas le soignent.

« Aujourd'hui, ma fille, en revenant du lac, m'a dit que vous aviez dressé votre tente sur la rive il y a quelques jours, et que vous vouliez voir l'ermite, alors je suis venu vous chercher. » Il a jeté un coup d'œil à l'intérieur de la tente. « Tout le monde ici aime et révère le vieil ermite Qiangba, mais personne ne sait d'où il vient. Tout ce qu'on sait, c'est qu'il y a vingt ans, il a miraculeusement fait son apparition ici et s'est mis à méditer au bord du lac et à chanter l'histoire du roi Guésar, du mont Amnye Machen et de nos grands esprits tibétains. Parfois, il chante aussi l'histoire d'un *menba* chinois qui a mis fin aux combats entre Chinois et Tibétains dans cette région. Les gens qui vont chercher de l'eau lui portent de la nourriture, mais aucun de nous ne sait où il vit. Il lui arrive de parler aux lamas du monastère voisin. Certains prétendent que les lamas connaissent toute son histoire, mais je n'en suis pas sûr. Nous ne venons dans la région des Cent Lacs qu'au printemps et en été. »

Zhuoma a eu beau essayer de persuader l'homme de laisser Wen examiner l'ermite, il a refusé catégoriquement, il tenait à l'emmener au monastère voisin. Il ne voulait pas non plus laisser Zhuoma ou Wen l'accompagner, car les femmes n'ont pas le droit d'entrer dans un monastère et celui-là ne possédait pas de pension. Après une brève discussion, Wen et Zhuoma ont décidé que Tienanmen irait avec Qiangba et qu'elles planteraient leur tente non loin et attendraient de ses nouvelles.

Il s'est passé plusieurs jours avant que Tienanmen ne revienne. Wen attendait. Elle s'asseyait dans l'herbe sur le seuil de la tente et répétait tout bas pour elle-même *Om mani pedme hum*. Zhuoma lui apportait de la nourriture et, le soir, l'aidait à préparer sa couche. Le reste du temps, elle laissait Wen se perdre dans ses pensées.

Quand Wen a fini par apercevoir le cheval de Tienanmen au loin, elle s'est levée d'un bond. Il a chevauché droit vers elle et, sans descendre de cheval, lui a tendu un paquet enveloppé de linges jaunissants.

« Pendant des années, a-t-il dit, le vieil ermite Qiangba a gardé ça au monastère. Tout ce qu'il sait de son contenu, c'est qu'il faut le donner à une Chinoise de Suzhou du nom de Shu Wen. Il a essayé plusieurs fois de trouver quelqu'un qui l'emporterait à Suzhou pour lui, mais aucun voyageur n'a pu lui rendre ce service. Ses poumons vont un peu mieux. Il m'a raconté sa vie. Je pense que ce paquet est pour vous. »

8

Funérailles célestes

Sous la tente, Wen était assise, fascinée par le paquet. Elle avait l'impression qu'il respirait, attendant pour se mettre à vivre qu'elle lui en donne l'ordre. Finalement, de ses mains tremblantes, elle s'est décidée à dénouer le tissu familier – celui des bandages qu'utilisent les médecins en Chine. A l'intérieur se trouvaient deux carnets. Il n'y avait pas grand-chose d'écrit dans chacun, mais chaque idéogramme avait été tracé par l'homme qui occupait ses pensées jour et nuit, depuis aussi loin que remontait sa mémoire.

Le sang de Wen battait dans ses veines. Après tant d'années de recherches et d'incertitude, elle avait le sentiment de voir, de sentir, de toucher son mari. Lentement, elle a feuilleté les carnets, osant à peine les toucher de peur qu'ils ne s'effritent sous ses doigts. Le premier contenait des notes médicales sur les maladies que Kejun et ses camarades avaient contractées en entrant au Tibet et sur les détails de leur traitement. Le second était un journal intime. Sur la première page, Kejun avait écrit que ce carnet était destiné à sa femme, Shu Wen, qu'il aimait de tout son cœur.

Ni Zhuoma ni Tienanmen ne savaient quoi dire à Wen, qui tremblait de tout son corps et sanglotait. Aucun mot, aucun geste ne pouvait arrêter le flot de larmes qui s'était accumulées en elle depuis si longtemps.

Tienanmen a allumé une lampe et l'a suspendue près d'elle. Il a placé à côté une bouteille d'huile pour l'alimenter. Zhuoma a ajouté quelques galettes de bouse au feu, puis déployé un édredon dont elle a couvert Wen. Puis tous deux ont quitté la tente sans faire de bruit.

Wen a commencé à lire le journal avec une vive appréhension. D'une écriture nette, qui devenait de plus en plus désordonnée au fil des pages, l'histoire vécue par Kejun y était consignée.

Les premières pages étaient entièrement consacrées à la surprise que Kejun avait éprouvée face à la résistance des Tibétains. Pendant son entraînement, on lui avait fait croire que les négociations entre le gouvernement chinois et les chefs religieux tibétains avaient été totalement couronnées de succès. On lui avait dit que leurs « chaleureux et honnêtes compatriotes tibétains » accueillaient l'Armée populaire de libération les bras ouverts. Ses cours sur les coutumes tibétaines et la politique gouvernementale envers les minorités l'avaient mal préparé à l'agression à laquelle ils étaient confrontés. Son unité se composait de jeunes paysans illettrés, dont la tête était bourrée de slogans communistes tels que « Libérez toute la Chine ! » « Continuons la révolution jusqu'au bout ! » Tous ceux qui résistaient étaient des « contre-révolutionnaires ». Kejun et le commandant de l'unité étaient les seuls soldats instruits. Peu à peu, ils se sont rendu compte que l'hostilité des Tibétains venait du fait qu'ils croyaient que les Chinois étaient des démons envoyés pour détruire leur religion. La sauvagerie des Tibétains était légendaire : ils n'auraient de cesse de réduire ces démons en pièces. Les soldats chinois s'étaient défendus.

Pendant des semaines, l'unité de Kejun avait chevauché en direction du nord, en prenant grand soin de contourner les zones où vivaient des Tibétains ou des nomades avec leurs troupeaux. Puis, un jour, au coucher du soleil, ils ont entendu des cris d'agonie provenant de la montagne. Le commandant et Kejun – ils parlaient tous deux un peu le tibétain – sont partis voir de quoi il retournait. Comme ils approchaient du terrible bruit, ils ont assisté à une scène qui les a pétrifiés d'horreur. Une bande de vautours était en train de dépecer une pile de corps maculés de sang ; l'un d'eux était en vie et luttait désespérément pour repousser les oiseaux de proie. Avant que le commandant ait pu l'en empêcher, Kejun – mû par le sens de ses responsabilités envers les malades et les blessés – a sorti son revolver et tué un des vautours.

Il y a eu un battement d'ailes et les oiseaux se sont envolés, suivis d'un silence effrayant. L'homme blessé se tordait sur le sol. Kejun s'apprêtait à aller vers lui quand un rugissement de colère a transpercé l'air comme un ouragan. Il a levé les yeux et vu, sur la colline au-dessus de lui, un groupe de Tibétains furieux qui les observait. Un frisson lui a parcouru l'échine. Il a compris que, dans son empressement à porter secours à un homme mourant, il avait perturbé le rite funéraire et tué un oiseau sacré. Il était terrifié à l'idée des conséquences de son acte impulsif, mais il ne comprenait pas pourquoi il n'y avait eu personne pour chanter les textes sacrés et pourquoi un homme qui vivait encore avait été abandonné avec les autres cadavres.

Un œil sur la foule au-dessus de lui, Kejun s'est avancé. L'homme était évanoui. Kejun a pansé ses plaies puis l'a porté jusqu'à son cheval. Le commandant et lui ont rejoint leur unité, Kejun maintenant le blessé en croupe devant lui.

L'unité a essayé de poursuivre sa route ce soir-là, cherchant un endroit propice pour dresser le camp, mais où qu'elle aille, elle trouvait la voie coupée par des Tibétains, qui l'abreuvaient d'injures. Elle craignait une attaque d'un moment à l'autre.

Kejun a vu la terreur se peindre sur le visage des soldats. Ils croyaient que se sacrifier pour la révolution était un honneur, mais ils étaient terrifiés à l'idée des horribles châtiments religieux infligés par les Tibétains, dont on leur avait parlé. Le moral était au plus bas. Ils n'avaient pas d'eau pour faire la cuisine, peu de provisions de bouche et très peu de bois de chauffage pour se prémunir du froid glacial de la nuit sur le haut plateau.

C'est à cet endroit-là du journal que l'écriture de Kejun devenait plus désordonnée, comme s'il avait écrit en grande hâte. Wen avait envie de lire tout de suite la dernière page, tant elle voulait savoir la vérité, mais elle a continué. Elle devait à Kejun de lire toute l'histoire de bout en bout.

Dans son journal, Kejun débattait avec lui-même de ce qu'il devait faire. A l'évidence, les Tibétains n'allaient pas les laisser continuer leur route. Ils voulaient se venger de ce que Kejun avait fait. Ce n'était qu'une question de temps avant qu'ils lancent une attaque, et qui sait combien de soldats seraient massacrés. L'unité avait envoyé un message radio au poste de commandement, mais n'avait reçu aucune réponse. On ne pouvait être sûrs que des renforts arriveraient. Si l'unité n'agissait pas vite, personne ne savait ce qui pouvait se passer.

Kejun avait le sentiment que, puisqu'il était responsable de la situation, il devait aller voir les Tibétains et leur expliquer pourquoi il avait agi ainsi. Peut-être que, de cette façon, il pourrait négocier une trêve pour ses camarades. Il a posé sa plume, plein d'incertitude sur ce que le lendemain leur réservait.

Dès les premières lueurs de l'aube, Kejun est allé voir le Tibétain qu'il avait sauvé des becs des vautours. Il a pu avaler un peu de nourriture et dire à Kejun son nom, Qiangba. Avec de grandes difficultés, s'arrêtant pour reprendre son souffle entre chaque phrase, il a raconté à Kejun ce qui était arrivé.

C'était un jeune lama d'un monastère du nord. Il était venu dans cette région avec d'autres lamas chercher des herbes médicinales, mais ils étaient tombés sur des affrontements féroces entre Tibétains et Chinois. Qui plus est, Qiangba était tombé malade. Ses poumons étaient très faibles et il ne cessait de s'évanouir. Ses compagnons l'avaient transporté dans un monastère voisin, mais alors qu'ils y résidaient, on les avait informés que l'armée chinoise approchait. Pris de panique, les lamas avaient forcé Qiangba à avaler une potion, avant de le cacher dans un défilé à l'extérieur du monastère et de s'enfuir.

Qiangba ne savait pas exactement ce qui s'était passé par la suite mais il pensait que son corps apparemment sans vie avait été trouvé par un groupe d'hommes en route pour un rite funéraire, et ajouté aux cadavres. Il imaginait que les hommes avaient déserté le site funéraire en entendant les Chinois approcher. Ils n'avaient pas eu le temps de recouvrir les corps dont les linceuls venaient d'être ôtés pour le démembrement. Qiangba avait repris conscience juste au moment où un gigantesque oiseau s'attaquait à sa poitrine.

Son histoire terminée, Qiangba s'est agenouillé aux pieds de Kejun et l'a remercié de lui avoir sauvé la vie.

Kejun l'a relevé. « Vous pouvez marcher ? » lui a-t-il demandé.

Le jeune lama a hoché la tête.

« Alors, suivez-moi », a dit Kejun, emmenant Qiangba à l'endroit où le commandant était en train de prendre son maigre petit déjeuner. Il a expliqué au commandant que Qiangba était prêt à l'emmener là où il y avait de l'eau et il a demandé la permission de quitter l'unité. Impressionné par le courage de Kejun, le commandant a accepté aussitôt.

Kejun s'est alors assis pour rédiger le dernier chapitre de son journal. Puis il a écrit une lettre à Shu Wen :

Ma chérie,

Si je ne reviens pas aujourd'hui, d'autres te raconteront ce qui m'est arrivé. J'espère que tu sauras me comprendre et me pardonner.

Je t'aime. Si on me laisse entrer au paradis, je ferai en sorte que tu vives une vie tranquille, et je t'y attendrai. Si je vais en enfer pour cela, je donnerai tout ce que j'ai pour rembourser les dettes que nous avons tous deux contractées dans la vie, travaillant pour te donner le droit d'entrer au ciel quand ton temps viendra. Si je deviens un fantôme, je te veillerai la nuit et chasserai tous les esprits qui pourraient troubler ton sommeil. Si je n'ai nul endroit où aller, je me dissoudrai dans l'air et serai avec toi à chacune de tes inspirations.

Merci, mon amour.

Ton mari, qui pense à toi jour et nuit,

Kejun.

En date d'un jour qu'aucun de nous n'oubliera.

Wen a tourné la page, mais les suivantes étaient blanches.

La pièce s'est mise à tourner et une ombre noire l'a recouverte. Puis elle s'est évanouie.

Quand Wen est revenue à elle, hormis la flamme vacillante d'une petite lampe à beurre, il faisait nuit noire dans la tente. Tienanmen et Zhuoma étaient assis avec leurs moulins à prières et marmonnaient des prières pour elle. Elle a sombré dans un profond sommeil qui lui a semblé sans fond comme le lac Dongi. Dans ses rêves, elle a entendu la chanson nostalgique de Qiangba l'ermite.

Elle ignorait combien de temps elle avait dormi, mais quand elle s'est réveillée, Zhuoma était auprès d'elle.

« Il y a quelque chose que tu dois voir », a dit Zhuoma en lui prenant la main.

A l'extérieur de la tente, de nouvelles écharpes *khata,* plus qu'elle n'en pouvait compter, flottaient dans la brise et une foule de gens l'attendaient. Au milieu de la foule, elle a vu le vieil ermite Qiangba assis sur le sol, encadré par deux lamas.

« Ce n'est pas un fantôme, a dit Zhuoma. Il est venu du monastère à cheval. Il souffre des poumons depuis qu'on l'a abandonné dans les montagnes quand il était jeune. Mais il se sentait assez bien pour venir te voir. Il désirait rencontrer la femme de l'homme qui lui a sauvé la vie. »

L'ermite s'est mis debout en tremblant et s'est avancé vers Wen. Lui offrant une écharpe *khata*, il s'est incliné profondément.

« Très respecté ermite, a dit Wen, j'ai lu dans le journal de mon mari qu'il voulait expliquer aux hommes en colère encerclant son unité pourquoi il avait tué un vautour sacré. Il vous a emmené avec lui. Pouvez-vous, je vous prie, me raconter ce qui s'est passé ? »

Qiangba s'est installé de nouveau sur l'herbe et a fait signe à Wen de s'asseoir près de lui.

« Votre mari m'a dit qu'il connaissait une façon de rappeler le vautour sacré qu'il avait tué. Il voulait que je le conduise aux hommes qu'il avait offensés pour réparer le fait d'avoir perturbé le rite funéraire. Je l'ai cru. Je l'ai emmené là où se trouvaient les hommes, en haut sur la montagne. D'abord, j'ai stupidement essayé d'expliquer ce qui m'était arrivé, mais ils n'ont pas voulu m'écouter. Ils me regardaient avec horreur. Ils pensaient que j'avais été transformé en fantôme parce que des démons avaient interrompu le rite. Ils croyaient que, puisqu'un vautour sacré avait été tué, aucun vautour ne reviendrait plus sur terre et que le peuple tibétain irait en enfer. Ils étaient sur le point de nous tomber dessus avec leurs couteaux quand votre mari a sorti son arme et tiré un coup en l'air. Il y a eu un moment d'effroi et il a saisi cette chance pour crier aux hommes de me lâcher.

« "Je vous prie d'écouter, a-t-il dit en tibétain. Laissez cet homme retourner vers mes amis pour leur dire que je dois rester ici et racheter mon offense aux messagers des esprits. Je vais rappeler le vautour sacré. Sinon, aucun de vos vautours ne reviendra plus et vous n'entrerez jamais au paradis."

« Les hommes se sont écartés à contrecœur pour me laisser passer. Comme je m'éloignais, votre mari m'a tendu un paquet enveloppé de bandages.

« "Si quelque chose m'arrive, a-t-il dit, faites en sorte que ma femme le reçoive."

« J'étais encore très faible et j'avais du mal à marcher vite. Dès que j'ai été hors de danger, je me suis arrêté pour me reposer derrière un buisson. De là où j'étais, j'ai vu votre mari poser son pistolet et se prosterner sur le sol. Puis il s'est agenouillé devant la foule des hommes et leur a parlé. Ses paroles me parvenaient dans ma cachette.

« "Ni moi ni les autres Chinois ne sommes venus ici pour vous faire du mal. Tout ce que nous voulions faire, c'était vous apporter nos connaissances, pour améliorer vos vies, comme la princesse Wencheng l'a fait il y a plus de mille ans. Elle vous a enseigné à tisser, à cultiver la terre et à guérir les maladies. Nous voulions vous montrer comment utiliser de nouveaux matériaux pour améliorer vos tentes, comment fabriquer de nouvelles sortes d'objets en cuir, comment engraisser vos animaux. Nous voulions vous aider à combattre les démons des maladies qui vous font souffrir. Bien que nous portions des armes, nous ne voulons pas nous en servir contre vous. Nous voulons seulement les utiliser comme vous utilisez vos couteaux, pour nous protéger des mauvaises gens. Hier, j'ai voulu sauver un de vos lamas, qui n'était pas mort, comme vous le croyiez. Mais je comprends que j'ai fait une erreur en tuant l'un de vos messagers sacrés. Je désire payer pour mon erreur. Je vais sacrifier ma vie pour rappeler les vautours. Selon votre religion, les vautours sacrés ne mangent pas de démons. Quand je serai mort, je vous demande de découper mon corps avec vos couteaux et de voir si, dans la mort, nous les Chinois sommes pareils à vous, les Tibétains. Si les esprits envoient en messagers leurs vautours, j'espère que vous croirez que nous autres Chinois, nous les considérons aussi comme nos amis, que la haine et le sang versé sont l'œuvre des démons, et que pour les esprits nous sommes tous frères !" »

Qiangba a levé les yeux au ciel.

« Votre mari a alors ramassé son pistolet sur le sol et, se tournant vers l'est, vers son pays, il s'est tiré une balle dans la tête. »

L'ermite a fait une pause. Wen, elle aussi, a regardé le ciel. Après quelques moments de silence respectueux, il a repris son histoire.

« Submergé de chagrin, je suis retourné en boitant jusqu'au camp raconter au commandant ce qui était arrivé. Il s'est précipité à l'endroit que je lui avais décrit, les autres soldats sur ses talons. Mais il lui a été impossible de sauver des vautours le corps de votre mari. Les hommes l'avaient démembré avec leurs couteaux et la terre était couverte d'oiseaux affamés.

« Peut-être, dans le corps du *menba*, ont-ils pu goûter la sincérité de son désir de paix, a ajouté Qiangba. Peut-être y avait-il quelque chose de magique dans l'apparition de si nombreux oiseaux. Quelle qu'en soit la raison, les vautours se sont attardés longtemps, décrivant cercle sur cercle autour du sommet de la montagne.

« Les soldats ont vu les Tibétains les observer respectueusement de loin. Par l'acte de votre mari, ils avaient compris que les Chinois pouvaient eux aussi être emportés au ciel par les oiseaux sacrés. Sa mort leur avait enseigné que notre chair et notre cœur étaient semblables aux vôtres. Comme les soldats rentraient au camp, des écharpes *khata* jonchaient leur chemin, exécutant une danse du souvenir sous le ciel bleu et les nuages blancs.

« Le commandant a repris sa route avec ses troupes. Je suis rentré dans mon monastère. Avant que nous nous séparions, l'instructeur m'a demandé si je voulais bien prendre soin du paquet de Kejun et essayer de trouver un honnête voyageur qui le porterait à une femme du nom de Shu Wen à Suzhou. Il craignait que ses hommes et lui ne rentrent pas vivants en Chine. Je lui ai promis de faire ce qu'il demandait. De retour au monastère, j'ai prié l'abbé de m'autoriser à partir errer dans le pays en chantant l'histoire du *menba* chinois qui m'avait sauvé la vie et avait lavé de son propre sang la haine entre Tibétains et Chinois. Depuis cette époque, pas une goutte de sang n'a été versée entre eux dans cette région. J'ai eu beau essayer, je n'ai jamais trouvé de voyageur en qui j'aie eu confiance pour vous faire parvenir ce paquet. Et voilà que c'est vous qui êtes venue à moi maintenant. »

Après avoir écouté l'histoire de l'ermite, Wen s'est prosternée devant la foule des spectateurs avec leurs écharpes *khata* flottantes et a prié. *Om mani pedme hum.*

9

Le voyage de retour

Il était temps pour Wen de quitter la région des Cent Lacs, le mont Amnye Machen couronné de neige et les autres montagnes du Qinghai. Pendant des années, elle avait erré sur cette terre. Ses pâturages, ses fleuves et ses montagnes sacrées emplissaient son âme. Ici, elle avait connu toutes les joies et les peines de la vie. Ici, son amour pour Kejun avait grandi. Ici, elle avait trouvé sa patrie spirituelle. Même si son corps partait, son esprit demeurerait dans cet endroit où reposait son mari mort. Comme elle se préparait pour le voyage, son cœur était comme une eau tranquille, les vagues de nostalgie ou de tristesse avaient été doucement apaisées par l'influence des esprits. Wen savait que dans les mois et les années à venir, elle serait comme un cerf-volant, liée par un fil invisible au mont Amnye Machen.

Elle a divisé en deux son livre d'essais, ses pages surchargées de tous les mots de son attente. Elle en emporterait une partie avec elle en Chine, elle laisserait l'autre au vieil ermite Qiangba. De cette façon, une partie de Kejun et une partie d'elle-même continueraient à vivre au Tibet.

Il fut décidé que Wen, Zhuoma et Tienanmen partiraient pour Lhassa, la plus ancienne et la plus sacrée des villes du Tibet. Là, ils chercheraient à rencontrer des représentants de l'armée chinoise pour apprendre ce qu'ils savaient du sort de Kejun. Ils pourraient aussi se renseigner sur les transports disponibles pour se rendre en Chine. Zhuoma était décidée à faire un dernier voyage dans la patrie de Wen et Tienanmen souhaitait voir la place qui avait inspiré son nom à Zhuoma, avant de retourner dans son monastère. Une des familles campant près du lac a promis de rechercher la famille de Gela et de lui porter un message.

Le voyage vers le sud a été pénible, très solitaire. Mais une fois franchie la chaîne des montagnes Tanggula, ils ont croisé de nombreux voyageurs sur leur route, qui les a menés vers des terres plus peuplées. A leur surprise, ils ont commencé à remarquer des visages chinois dans les marchés et dans les foires. Des restaurants et des boutiques portaient des enseignes en caractères chinois. Tienanmen surtout était étonné. C'était comme s'ils étaient entrés dans un autre monde – ou un autre siècle. Un jour, ils se sont même trouvés sur une place de village où des jeunes gens vêtus d'un assemblage multicolore d'habits chinois et tibétains se pavanaient au son de la musique.

L'un des spectateurs a dit à Wen qu'il s'agissait d'un défilé de mode.

Wen n'aurait jamais cru trouver autant de Chinois installés ici avec leurs familles et leurs commerces. Elle n'aurait jamais imaginé que toute la terreur et le sang versé dont elle avait été témoin finiraient ainsi. Il était arrivé tant de choses pendant le temps qu'elle avait passé dans les étendues désertiques ! Que pensaient les colons chinois de ce pays et de cette culture qui leur étaient mystérieux ? Elle était désireuse de lier conversation avec ces gens. Mais elle resta à l'écart, car elle se souvenait combien il lui avait été difficile de parler aux Chinois de la fête du Dharmaraja.

Ce qu'ils avaient vu pendant leur voyage n'était rien comparé aux rues grouillantes de monde de Lhassa, que surplombait l'immense Potala. Comme les trois amis se frayaient un chemin dans la ville, ils défaillaient tant le bruit et la cohue, les odeurs et les sons inhabituels les mettaient mal à l'aise. Wen était submergée par une forte nostalgie de son pays. Hormis les temples et les gens en vêtements tibétains, elle avait l'impression d'être de retour en Chine, surtout dans les rues du marché du Barkhor où les commerçants chinois et tibétains faisaient l'article de leurs marchandises coude à coude. Tienanmen était complètement médusé par ce qu'il voyait. Il se frottait la nuque d'étonnement. L'usage de tous ces objets exotiques était pour lui un mystère.

Zhuoma semblait à la fois consternée et exaltée par ce spectacle.

« Cela ne ressemble guère au Tibet », a-t-elle déclaré.

Tienanmen a désigné du doigt un groupe de lamas derrière un étal d'articles de piété : rosaires, drapeaux de prières, crânes de yaks incrustés de pierreries et offrandes de nourriture.

« Quels textes sacrés psalmodient-ils ? » a-t-il demandé. Wen et Zhuoma savaient que les lamas ne priaient pas, mais elles ont été tout aussi surprises que lui de voir des lamas en train de faire du commerce.

Au marché, Zhuoma a échangé un collier de pierres rares contre un crayon pour Wen, une nouvelle robe pour Tienanmen et une écharpe et un peu d'argent pour elle-même. Au fil des ans, beaucoup des bijoux ancestraux de Zhuoma s'étaient envolés, mais elle en possédait encore assez pour leur permettre à tous trois d'aller en Chine.

Le soir commençait à tomber et il leur fallait dénicher un endroit où passer la nuit. Dans une ruelle, ils ont trouvé une petite pension tenue par un professeur chinois à la retraite, qui leur a montré où mettre leurs chevaux. Il avait été envoyé au Tibet vingt ans plus tôt. Il avait trouvé très difficile de s'acclimater, mais avait apprécié qu'il y ait moins de lutte de classes et de groupes d'études politiques ici. Wen a fait mine de comprendre de quoi il parlait, mais son esprit fatigué ne saisissait rien. Qu'entendait-il par « lutte de classes » et « études politiques » ?

Pendant la nuit, quelqu'un a frappé de façon insistante à la porte de la chambre de Wen et de Zhuoma. Instinctivement, Wen a vérifié que son demi-livre d'essais avec la photographie de Kejun et son journal, qu'elle avait glissés sous son oreiller avant de se coucher, étaient toujours là. Quand elle a ouvert, Tienanmen se trouvait sur le seuil, très excité.

« Venez voir, a-t-il dit. Nous sommes au paradis ! »

Wen et Zhuoma l'ont suivi dans sa pièce au grenier. Il est allé se placer près de la fenêtre. Dehors, Lhassa brillait de mille feux électriques.

Wen et Zhuoma ont échangé un regard. Elles avaient passé d'autres nuits à Nankin et à Pékin. Il était difficile d'imaginer à quoi ressemblait une ville moderne pour quelqu'un qui n'avait jamais vu l'électricité.

Le matin, le propriétaire de la pension a dit à Wen qu'elle pouvait utiliser sa salle de bains. Comme elle se tenait sous la douche rudimentaire – un mince tube de plastique sortant d'un seau d'eau au-dessus de sa tête –, elle s'est souvenue de la toilette luxueuse qu'elle avait faite à la base militaire de Zhengzhou, tant d'années auparavant, au début de son voyage au Tibet. Si elle avait su alors qu'elle ne mettrait plus les pieds dans une salle de bains jusqu'à ce jour ! Elle s'est étonnée de l'innocence et du courage de son jeune âge.

Zhuoma a déclaré qu'elle ne comprenait pas ces gadgets chinois et elle s'est frotté le corps avec de l'eau dans un bol. Tienanmen, lui, a décidé qu'il ne pouvait se laver que dans la rivière, et les deux femmes n'ont pas réussi à le faire changer d'avis.

Plus tard dans la matinée, ils se sont rendus au Potala. Wen est restée un moment au pied de l'escalier raide comme une échelle menant à l'imposant palais. C'était le bâtiment le plus extraordinaire qu'elle ait jamais vu – imposant, magnifique et plus vaste qu'elle n'aurait pu l'imaginer. Devant elle, une foule de gens gravissaient l'escalier, s'arrêtant toutes les trois marches pour se prosterner. Peut-être Kejun avait-il toujours eu l'intention de venir avec elle dans ce palais. Qu'elle ait voyagé du delta du Yangtse jusqu'au Tibet pour faire cette ascension et être reçue dans la religion des esprits était peut-être écrit dans son destin. Elle s'est mise à monter, saluant comme les gens autour d'elle et entonnant d'une voix calme *Om mani pedme hum*.

Une fois à l'intérieur du palais, les trois amis ont emprunté de sombres corridors, traversé d'abord une impressionnante salle d'audience, puis des cours et des chapelles. Les pièces étaient emplies de livres et de rouleaux précieux, de tentures murales richement brodées, de statues de Bouddha drapées dans de beaux brocarts d'or et des écharpes colorées, et de nombreux autels.

Partout brillait une lumière jaune provenant des lampes au beurre de yak.

Dans ce qu'on appelait le « palais Blanc », ils se sont extasiés devant le luxe des quartiers résidentiels du dalaï-lama. L'architecture et le mobilier étaient exquis. Des aiguières dorées délicatement ciselées et des bols de jade étaient posés sur des tables à thé. Des édredons éblouissaient l'œil de leurs superbes broderies. Dans le « palais Rouge », ils ont vu les stûpas, incrustés d'or et de pierres précieuses, contenant les restes des défunts dalaï-lamas. Il y avait d'innombrables salles. Wen ne s'était pas doutée que le Tibet contenait tant de richesses. La tête lui tournait. Elle a fait une halte pour reprendre son souffle. Derrière elle, une peinture dépeignait un mariage. C'était celui de Songtsen Gampo et de la princesse Wencheng, pour qui le palais avait été construit au VIIe siècle. Elle a pensé aux derniers mots de Kejun : « Tout ce que nous voulions faire, c'était vous apporter nos connaissances, pour améliorer vos vies, comme la princesse Wencheng l'a fait il y a plus de mille ans. » Alors que, partout autour d'elle, les pèlerins psalmodiaient les textes sacrés, elle s'est assise et a prié jusqu'à ce que Zhuoma la tire par la main.

Tous ceux à qui ils se sont adressés à Lhassa leur ont dit qu'ils avaient besoin de la permission du bureau du personnel de leur « unité de travail » pour se rendre en Chine. Ils pouvaient se rendre à Pékin en avion, mais pas sans autorisation écrite. Zhuoma et Tienanmen étaient déconcertés. Qu'était une « unité de travail » ? Avaient-ils ce genre de choses ? Quand Tienanmen a suggéré que son monastère était peut-être son unité de travail, Wen a hésité entre le rire et les larmes. Elle leur a dit qu'elle se rendrait aux quartiers militaires pour demander les documents de voyage nécessaires.

Trouver les quartiers militaires n'a pas été difficile. Tous les habitants semblaient savoir où c'était et ils se sont vite retrouvés devant un bâtiment avec, inscrit au-dessus du grand portail, *Bureau militaire de la Région autonome du Tibet*. Comme ils se tenaient à l'entrée sans savoir quoi faire, un garde armé est venu jusqu'à eux et leur a demandé poliment ce qu'ils voulaient.

« Je suis ici pour essayer de trouver des traces de mon mari disparu », a déclaré Wen.

Le garde a passé plusieurs coups de téléphone et bientôt un homme, qui avait l'allure d'un officier, est apparu. Après leur avoir demandé de décliner leurs noms et leur degré de parenté, il les a emmenés dans une salle d'attente confortablement meublée de canapés et de tables à thé.

Tienanmen ne quittait pas Zhuoma d'une semelle et imitait tout ce qu'elle faisait. Il s'est assis avec circonspection, visiblement stupéfait par la douceur du canapé. Wen avait l'impression de pénétrer dans une maison chinoise. Elle se souvenait encore du vieux sofa douillet de ses parents. Comme elle sirotait le thé vert que l'officier leur avait apporté, des larmes de reconnaissance lui sont montées aux yeux.

Wen a raconté à l'officier, aussi brièvement que possible, sa vie et ses aventures : elle lui a parlé de Wang Liang à la base militaire de Zhengzhou, du convoi avec lequel elle était venue au Tibet, de ce qui lui était arrivé pendant toutes les années qui avaient suivi, et du martyre de Kejun. Elle lui a dit qu'elle désirait savoir quelle version de la mort de Kejun ils connaissaient et s'ils savaient qu'il était mort en héros. Elle lui a dit enfin qu'elle aimerait retourner en Chine.

L'officier la regardait, stupéfait. Il semblait profondément ému par son histoire. Il était tout disposé à l'aider, mais il n'était au Tibet que depuis huit ans et n'avait pas la moindre idée de la façon de procéder pour obtenir les renseignements qu'elle demandait.

Pouvait-il, néanmoins, leur donner un permis pour se rendre en Chine ? a demandé Wen. L'officier lui a expliqué qu'il fallait d'abord obtenir la confirmation de leur histoire, mais il allait se mettre en contact avec les bureaux de Pékin et voir ce qu'il pouvait trouver. Il l'a avertie de ne pas s'attendre à des miracles : pendant la Révolution culturelle, de nombreux dossiers avaient été égarés ou brûlés.

« Qu'entendez-vous par Révolution culturelle ? » a demandé Wen, étonnée.

L'officier l'a regardée longuement avant de répondre.

« Si vous avez le temps, je vais essayer de vous expliquer ce qui s'est passé en Chine ces trente dernières années. »

Médusées, Wen et Zhuoma ont écouté l'officier leur raconter la famine des années soixante, la Révolution culturelle des années soixante-dix, la politique de réforme et d'ouverture de Deng Xiaoping dans les années quatre-vingt, et les réformes économiques en cours. Tienanmen était assis en tailleur dans un coin, égrenant son rosaire et récitant les Ecritures.

Wen a attendu plusieurs jours avant d'être convoquée par lettre au quartier général. Cette fois-ci, elle a été la seule autorisée à pénétrer dans la zone militaire car Tienanmen et Zhuoma n'étaient pas mentionnés dans la lettre. Elle a été accueillie par l'officier qu'elle avait rencontré la première fois et par un homme plus âgé. L'homme plus âgé s'est excusé de ce que ses amis aient dû rester à l'extérieur et a promis qu'ils seraient bien traités. Il s'est présenté comme l'un des généraux en charge des troupes stationnées à Lhassa et a dit à Wen qu'ils avaient vérifié tous les noms de l'unité dont Wen leur avait parlé. Malheureusement, il y avait trop de gens du nom de Wang Liang pour trouver trace de l'officier dont elle parlait, car beaucoup de dossiers avaient été perdus, et les informations concernant cette période étaient très peu fiables. Cependant, ils avaient pu vérifier qu'une unité portant le numéro qu'elle leur avait donné, basée à Chengdu, avait effectivement existé. Les rapports affirmaient cependant que tous ses membres étaient morts.

A ces mots, le découragement s'est emparé de Wen.

Voyant la tristesse sur son visage, le général a essayé de la réconforter. Il l'a assurée qu'ils allaient continuer leurs recherches et qu'ils feraient tout ce qui était en leur pouvoir.

« Je ne crois pas que vous allez perdre courage, a-t-il dit. Aucune personne ordinaire n'aurait passé la moitié de sa vie à rechercher son mari : seul un amour véritable peut produire une telle détermination. » Les yeux de Wen se sont emplis de larmes. L'homme a proposé à Wen et ses deux amis de s'installer dans la pension du quartier général, où ils seraient plus à leur aise.

Wen s'est soudain sentie submergée par une fatigue physique comme elle n'en avait jamais connu auparavant. Elle s'est levée avec difficulté.

« Vous vous sentez bien ? a demandé le général, inquiet.

— Je vais bien, merci. Je suis seulement si fatiguée…

— Croyez bien que je comprends votre lassitude. »

La pension militaire était équipée de toutes sortes d'appareils modernes. Des télévisions, des bouilloires électriques, des toilettes avec une chasse et de l'eau chaude à volonté... Tienanmen surtout était déboussolé par leur environnement. Wen avait le sentiment que, s'ils n'avaient pas été traités avec une telle cordialité par les Chinois et les Tibétains, il ne serait pas resté.

Au cours des jours suivants, Wen a attendu des nouvelles. Pendant toutes les années passées avec Gela et ses errances avec Zhuoma et Tienanmen, elle avait appris à renoncer à ses désirs – à laisser les choses suivre leur cours.

Pendant ce temps-là, Tienanmen bavardait avec les soldats tibétains en garnison. Ils le considéraient comme une bible vivante de l'art équestre et venaient lui demander son avis sur la façon de dresser leurs montures. L'un d'eux l'a même invité dans sa famille, qui vivait à Lhassa. Ce soir-là, quand Tienanmen est revenu à la pension qui l'étonnait tant avec ses télévisions et ses bouilloires, il a parlé à Wen des gens avec qui il avait passé la journée. Le matin, ils avaient prié devant l'autel familial, mettant du beurre de yak frais et de l'eau sur l'autel de la cour. Puis ils étaient montés sur le toit plat de leur maison où ils avaient brûlé du bois de genévrier, dédiant la fumée aux esprits des montagnes, des eaux et de la maison, et demandant leur protection. Après cela, ils avaient rejoint leurs voisins pour faire le « circuit sacré ». Des résidents de Lhassa et des pèlerins venus de tous les coins du Tibet parcouraient ces circuits sacrés, en récitant leur rosaire et en priant. Le circuit extérieur faisait tout le tour de la ville et on l'empruntait tôt le matin : le circuit intérieur menait les fidèles autour du sanctuaire du Bouddha puis à l'intérieur du temple de Jokhang, un autre des imposants bâtiments sacrés de Lhassa. On lui avait dit qu'on pouvait accumuler beaucoup plus de mérites en faisant un tel circuit qu'en lisant les Ecritures dans tout autre endroit.

Lors de leur séjour à la pension, Wen a eu d'autres occasions de parler au général de ce qui lui était arrivé. Elle tenait absolument à ce que Zhuoma et Tienanmen aillent en Chine avec elle. Elle lui a expliqué que Zhuoma descendait d'une famille tibétaine de haut rang. Elle lui a montré quelques-uns de ses bijoux de famille comme preuve de la véracité de ses dires. Le général a promis de faire ce qu'il pourrait pour trouver des preuves écrites de l'identité de Zhuoma. Un après-midi, il est venu voir les deux femmes, tout excité ; il avait trouvé des documents sur le clan de Zhuoma.

« Je crains pourtant que les nouvelles ne soient pas bonnes, a-t-il dit avec hésitation. Votre domaine a brûlé, il y a des années de cela. »

Zhuoma ne lui a pas expliqué qu'elle avait été témoin de l'incendie de sa maison. Wen l'a regardée, bouche cousue. Elle savait que la maison de Zhuoma avait depuis longtemps cessé d'exister pour celle-ci, à plus d'un titre.

Deux jours plus tard, le général est revenu. Cette fois-ci son visage était tout sourire.

« Quelqu'un à Pékin se souvient d'avoir lu un rapport décrivant la mort de Kejun exactement dans les termes où vous me l'avez racontée, a-t-il déclaré, et l'un d'eux s'est rappelé qu'il y était fait mention d'une femme vivant à Suzhou. Je crois que ce sont des preuves suffisantes pour confirmer votre identité et vous accorder la permission de vous rendre à Pékin. Là-bas, vous pourrez demander l'autorisation de vous y réinstaller avec une pension de l'armée. Quant à Zhuoma, nous avons appris qu'il existait effectivement une héritière à son clan, et vos parures prouvent que c'est bien vous. »

Wen et Zhuoma débordaient de joie, comme si pour la première fois depuis des dizaines d'années, on leur avait dit qui elles étaient vraiment. Mais il y avait encore quelque chose qui gênait Wen.

« S'il y a des rapports sur la mort de Kejun, pourquoi alors son avis de décès ne mentionne-t-il pas la façon dont il est mort, et ne lui accorde-t-on pas le statut de martyr révolutionnaire ? » a-t-elle demandé.

Le général l'a regardée d'un air grave et a répliqué : « Je ne peux pas répondre à cette question. »

Moins d'une semaine plus tard, Wen, Zhuoma et Tienanmen, munis de tous les papiers nécessaires, se sont retrouvés dans un avion pour Pékin. On avait donné à Zhuoma une lettre d'introduction officielle pour lui permettre de trouver un poste de professeur à l'Institut des minorités de Pékin si tel était son désir. Tienanmen possédait un document comme quoi il était en visite officielle en Chine et rejoindrait son monastère ensuite.

Wen n'a pas prononcé un seul mot de tout le vol. Toute sa vie au Tibet, scène après scène, défilait devant ses yeux. Les visages de la famille de Gela emplissaient sa mémoire. Elle a sorti la photographie froissée de Kejun et ses journaux dépenaillés, et versé un silencieux flot de larmes sur eux. Kejun ne reverrait jamais sa femme et son visage maintenant profondément buriné par sa vie au Tibet. Il resterait éternellement sur le haut plateau, sous le ciel bleu et les nuages blancs.

Le cœur de Wen était plein d'appréhension. Ses parents seraient-ils encore en vie ? Où était sa sœur ? Sa famille la reconnaîtrait-elle ?

Elle a déplié la grue de papier prisonnière depuis tant d'années à l'intérieur de son livre et a lissé doucement la lettre de sa sœur. Le temps avait effacé toute trace d'écriture. Son demi-livre d'essais était pesant, comme alourdi par l'eau et la terre du haut plateau.

Wen a été tirée de ses rêveries par la voix d'un enfant demandant à sa mère en chinois : « Maman, pourquoi les Tibétains sentent-ils si mauvais ?

— Chut, ne sois pas si impoli ! l'a rabroué sa mère. Les Chinois et les Tibétains ont des styles de vie très différents. Tu ne devrais pas parler sans réfléchir comme ça. »

Wen a baissé les yeux sur ses vêtements élimés, déteints. Si elle n'était plus chinoise, qui était-elle ? Mais peut-être que cette question n'avait pas d'importance. L'important, c'était que son âme était née. Wang Liang avait eu raison : rester en vie était une victoire en soi.

Aucune comparaison possible entre le compartiment de première classe où Wen avait pris place pour son voyage de Pékin à Suzhou et la boîte à sardines étouffante du wagon de marchandises dans lequel elle avait quitté Chengdu des années plus tôt. C'était aussi différent que le ciel et l'enfer, impossible à comparer. Contrairement au plateau tibétain, les paysages qui défilaient par la fenêtre étaient animés. Elle a regardé les maisons de briques rouges aux toits gris de Pékin céder la place aux maisons blanches qu'elle connaissait si bien du delta du Yangtse.

Zhuoma et Tienanmen n'avaient pas accompagné Wen pour son voyage de retour à Suzhou. Elle leur avait demandé de l'attendre à Pékin. Elle désirait voir sa famille seule.

Pendant tout le voyage, les larmes de Wen sont tombées en un flot continu sur sa robe. Quand les gardes du train ou ses compagnons de voyage lui demandaient ce qui n'allait pas, elle se contentait de secouer la tête. L'un des gardes était si inquiet qu'il a fait faire une annonce par haut-parleur : si quelqu'un dans le train connaissait le langage par signes ou le tibétain, il était prié de se présenter.

Arrivée à Suzhou, Wen n'a pas reconnu la gare. Elle a pensé que c'était une nouvelle gare et demandé comment se rendre à l'ancienne. La vieille gare avait été rasée. Elle a hélé un taxi, mais le chauffeur n'avait jamais entendu parler de l'endroit où elle voulait aller. Après une longue discussion, il a fini par comprendre qu'elle parlait d'une rue de banlieue démolie dix ans plus tôt. Il la regardait comme si elle était une espèce de monstre et elle a dû l'implorer pour qu'il l'y conduise. Le spectacle qui l'attendait l'a laissée stupéfaite.

La cour de la maison de sa sœur, avec ses portes de lune, et le joli petit jardin près de la rivière avaient disparu, remplacés par des rangées de hauts bâtiments. Elle se tenait là, étourdie, ne sachant quoi faire ni à qui demander de l'aide. Elle est allée demander à des ouvriers qui réparaient une route, mais elle n'a pas saisi un mot de ce qu'ils lui disaient. Elle a fini par comprendre qu'ils venaient du sud de la province du Anhui et n'avaient pas la moindre idée de ce qui s'était passé à Suzhou ces trente dernières années. Wen était complètement perdue.

Le soir tombait, Wen a repris ses esprits et trouvé un hôtel non loin de l'endroit où se dressait autrefois la maison de sa sœur. Une enseigne avec deux petites étoiles pendait au-dessus du bureau de la réception, mais Wen ne savait pas ce que cela voulait dire. Au bureau, on lui a demandé sa carte d'identité mais elle n'a pas compris de quoi il s'agissait. A la place, elle a montré la lettre d'introduction que lui avait donnée le bureau militaire tibétain. Ne voulant pas elle-même décider si oui ou non elle pouvait inscrire Wen, la réceptionniste lui a demandé d'attendre un moment et a disparu. Quand elle a fini par revenir, elle a dit à Wen qu'elle pouvait avoir une chambre mais devait aller se faire enregistrer au bureau de police.

Cette nuit-là, Wen a rêvé qu'elle était retournée au Tibet avec Kejun pour chercher ses parents et sa sœur sur les montagnes sacrées. Elle a été réveillée avant l'aube par le bruit de la circulation. Somnolente, elle s'est assise près de la fenêtre. Ses yeux étaient habitués aux ondulations sans fin des pâturages. Tout ici semblait si encombré qu'elle en avait le vertige. La ville de son enfance, dont elle avait tant rêvé, avait disparu sans laisser de traces.

A ce moment-là, elle a entendu le son de claquettes de bambou sous sa fenêtre. Son cœur a bondi au souvenir qu'évoquait ce bruit : quand elle était petite fille à Nankin, les marchands de riz ambulants se servaient de ce genre de claquettes et, quand ils passaient devant sa maison, sa mère lui achetait toujours un petit bol de riz doux fermenté. Wen est sortie en trombe de sa chambre. Dehors, elle a aperçu l'image familière d'un vendeur de riz portant sur ses épaules deux seaux suspendus à une longue perche. Dans un des seaux fumait le bouillon destiné à cuire le riz, chauffé par un petit brasero placé en dessous, de l'autre s'élevait la vieille odeur enivrante du riz fermenté. Rien n'avait changé ; jusqu'au gilet que l'homme portait, qui était le même que celui de son souvenir.

Wen s'est hâtée de rejoindre le colporteur.

« Pour manger sur place ou à emporter ? a-t-il demandé.

— Sur place », a-t-elle répondu.

Elle l'a regardé verser d'une main adroite une louche de bouillon dans un bol et prendre deux morceaux de riz fermenté avec une spatule en bambou.

« Vous voulez de l'œuf ? Un peu de fleurs d'osmanthe ? Du sucre ?

— De tout, s'il vous plaît, et une cuillère de sucre. » Comme il lui tendait le bol, elle a éclaté en sanglots.

« Des problèmes familiaux ? a demandé le colporteur. Ne soyez pas triste. Prenez un jour après l'autre, et les jours passeront vite. »

En buvant la soupe de riz sucré mêlée à ses larmes, Wen a fait un effort pour se remettre.

« Depuis combien de temps vivez-vous ici ? a-t-elle demandé au marchand d'une voix tremblante.

— Je suis arrivé dans le coin il y a dix ans, a dit le marchand. Je n'étais bon à rien d'autre que faire le vendeur de soupe. Mais ce n'est pas un mauvais travail, et tous les jours il y a quelque chose de nouveau. Même la rue que j'emprunte est différente tous les ans. »

Wen lui a demandé s'il connaissait sa sœur et ses parents, et lui a décrit la maison qui avait été la leur. L'homme a réfléchi quelques instants.

« Je crains bien que non. Au cours des dix ans que j'ai passés ici, cette zone a été rasée et reconstruite trois fois. La première fois, c'était pendant les "Trois Constructions", ou quelque chose comme ça. Puis ils ont fait une route et un pont, pour les raser de nouveau ensuite. Après ça, ils ont vendu un grand morceau de terre à Singapour. Il y a beaucoup d'allées et venues dans ces parages. Ces jours-ci, on entend de moins en moins l'accent du pays. »

Il s'est remis à faire sonner ses claquettes.

Wen se tenait au beau milieu de la rue, paralysée par l'étrangeté de sa ville natale. Elle était tellement absorbée par ses pensées qu'elle n'entendait ni le son des claquettes ni le bruit des voitures ou des bicyclettes qui la frôlaient. Tout ce qui lui restait, c'étaient ses souvenirs. Aurait-elle le courage de s'embarquer dans une nouvelle quête, à son âge ? Et sinon, où irait-elle ?

Elle a mis la main dans la poche de sa robe où elle rangeait la photographie de Kejun. En posant les doigts sur l'image qui avait partagé la douceur, l'amertume et les extraordinaires changements de sa vie pendant tant d'années, elle a murmuré : *Om mani pedme hum.*

Haut dans le ciel, une famille de grues est passée.

Ici, il n'y avait ni vautour sacré, ni funérailles célestes.

Shu Wen s'est tue, mais moi je ne pouvais m'arrêter de penser. A sa transformation de jeune Chinoise de vingt-six ans en bouddhiste tibétaine d'âge mûr. Au rapport entre nature et religion. A l'espace et au temps. A ce qu'elle avait perdu, à ce qu'elle avait gagné. A sa volonté, sa force et son amour.

Lettre à Shu Wen

Très respectée Shu Wen,

Où êtes-vous ?

Depuis dix ans, je porte ce livre en moi, tel un fruit mûrissant au fil du temps. Je suis enfin en mesure de vous l'offrir.

J'espère qu'un jour vous aurez connaissance de l'admiration que la beauté de votre histoire inspire.

J'espère qu'un jour vous pourrez répondre aux innombrables questions que je voudrais vous poser. J'aimerais tant savoir ce qu'il est advenu de Zhuoma et de Tienanmen, de Saierbao et de sa famille.

Je vous cherche depuis des années, dans l'espoir que nous pourrons nous asseoir de nouveau ensemble dans une maison de thé du delta du Yangtse et que vous me raconterez l'histoire de votre vie après Funérailles célestes.

Chère Shu Wen, si vous voyez ce livre et cette lettre, je vous prie instamment de prendre contact avec moi par l'intermédiaire de mon éditeur dès que possible.

Xinran, Londres, 2004.

Postface

« Voyage d'une Chinoise au Tibet » ou « Voyage d'une Tibétaine à Pékin », ou bien « Xinran cherche Shu Wen désespérément » ? A chacun ou chacune d'en décider. Une chose cependant paraît certaine, en Chine également, aujourd'hui comme hier, le Tibet intrigue, qu'il fasse peur ou rêver. L'auteur a elle aussi succombé à cette fascination, comme beaucoup d'autres. D'aucuns ne manqueront pas d'y voir la preuve qu'entre ces deux voisins géographiques aux relations plus ou moins houleuses au fil des siècles, l'entente n'est pas forcément cordiale, et qu'entre eux, les valeurs diffèrent bien plus qu'elles ne se ressemblent. Xinran l'admet implicitement avec une naïve bonne grâce.

De ces données à la fois complexes et mouvantes, l'auteur dégage une perspective inédite qui éclaire à sa manière un débat dont l'enjeu est aujourd'hui la survie d'un peuple et de sa civilisation. L'histoire qu'elle raconte est singulière, émouvante sans doute et peut-être plausible : lors des grandes tourmentes créées par les hommes, il y a toujours une exception quelque part, un individu ou un événement pour sauver l'honneur en quelque sorte. Reste à savoir l'honneur de qui et à quelles conditions. Reste aussi à faire la part des choses et à délimiter la frontière souvent ténue entre témoignage et fiction, entre faits et imagination.

Xinran portait visiblement en elle depuis longtemps ce *désir de Tibet* – elle-même l'indique clairement –, de s'approcher de cette terre mythique pour tant de monde sous des latitudes si diverses. La rencontre avec Shu Wen aura été l'occasion inespérée : forte de son expérience précédente de *Chinoises*, elle tenait le sujet de son histoire, mais en même temps, trop de pièces semblaient manquer au puzzle ébauché par cette étonnante petite Chinoise partie à la recherche de son mari disparu apparemment sans laisser de traces dans le déferlement meurtrier de l'invasion du Tibet des années 1950.

Amoureuse et désespérée, la jeune épouse surmonte bravement tous les obstacles – de la bureaucratie au scepticisme en passant par les éléments naturels – dans l'espoir de le retrouver. Jusqu'à être elle-même happée, presque à son corps défendant, par cet univers tibétain tellement différent du sien, en particulier dans ces contrées montagneuses et inhospitalières du Kham et de l'Amdo, terres de nomades et de silence comme sans attaches avec le reste du monde. Apparemment si loin de tout que les affrontements armés tibéto-chinois surgissent, puis s'effacent comme un mauvais rêve, et que les échos de la Révolution culturelle, de la mort de Mao, des vagues successives de répression jusqu'aux événements plus récents, meurent avant de parvenir sous les tentes noires éparpillées dans l'immensité. Bienheureux ces poignées de Tibétains protégés par une surprenante bulle d'ignorance, au point de ne rien savoir dans leur isolement même de l'exil en 1959 du dalaï-lama ! Pourtant, quiconque un tant soit peu familier de l'univers nomade sait que les nouvelles s'y propagent comme par un réseau invisible et en terres tibétaines, elles enfourchent les chevaux de vent : ainsi naissent les légendes...

Il n'empêche : l'histoire de Shu Wen a profondément remué Xinran, d'abord cantonnée dans le rôle de l'auditrice interloquée, aussi bien en raison de cet amour fou entre deux jeunes gens idéalistes enrégimentés pour « libérer le Tibet et lui apporter les connaissances modernes », que pour trouver une explication à cette coutume supposée barbare des funérailles dites célestes. Ensuite, la rédactrice a cherché à compléter les pièces manquantes, à apporter des réponses à des questions qu'elle n'avait pas posées, tellement cette histoire qu'elle écoutait sans vraiment l'entendre lui paraissait hors de l'ordinaire, sans mesure commune avec tous les autres récits qu'elle avait recueillis au micro de son émission féminine quand elle travaillait à la radio de Nankin.

C'est peut-être en cela que l'ouvrage de Xinran est le plus intéressant : avec une aimable candeur, elle aligne, probablement à son insu, par le truchement de ses personnages, presque tous les préjugés, les idées reçues, les malentendus ayant cours en Chine à propos du Tibet. Et le résultat se dessine peu à peu sans fioritures : ce regard d'une arrogance sans doute inconsciente crée un certain malaise, parce qu'imprégné de cette suffisance colonialiste que nous connaissons trop bien, ce complexe de supériorité à l'égard des autres tous considérés comme des barbares. Ainsi, le personnage de Zhuoma, fille d'un hobereau local respecté dans les confins de son fief tibétain, reste hors norme dans le contexte des lieux. Anciens ou nouveaux, la plupart des témoignages sur ces terroirs reculés disent le caractère farouchement indépendant de leurs habitants, plus prompts à prendre les armes à la moindre alerte qu'à songer à des mondes au-delà d'un horizon cerné par des remparts montagneux hautement révérés. Ce qui n'exclut nullement d'avoir le cœur sur la main ni une confiance à toute épreuve dans les divinités.

Bien sûr, l'idéalisme des débuts a sans nul doute existé, comme cet amour peu banal de la jeune femme pour son mari médecin militaire parti soulager les souffrances d'autrui dans un grand élan de solidarité commandée au nom de l'idéologie. Mais ces temps-là sont révolus, et les nouvelles générations chinoises ont d'autres priorités, d'autres visions de leur avenir. Bien sûr, recueillie d'abord par une famille de nomades taciturnes certes mais profondément humains, Shu Wen découvre avec eux une autre réalité, et plus tard, des années plus tard, Xinran lui emboîte le pas. Le décalage pourtant demeure, les expériences sont trop dissemblables pour être vraiment comparables. Shu Wen et Xinran parlent la même langue, mais plus le même langage.

D'où sans doute un certain nombre d'à-peu-près, de notations erronées ou contestables, de remarques surprenantes trahissant la méconnaissance malgré une sympathie affichée dans ce récit qui en dit finalement beaucoup plus, comme en creux, sur la manière chinoise de percevoir le Tibet que ne le pense peut-être l'auteur elle-même. Il est toujours utile de se voir dans le miroir que vous tend l'autre, surtout quand la confrontation séculaire entre deux peuples voisins comporte de tels enjeux. La plume (ou plus sûrement l'ordinateur) de Xinran trace dans ces pages deux portraits de femmes d'exception, dans la lignée de la célèbre « bonne âme de Se-Tchouan » chère à Brecht, qui connaissent un destin exceptionnel dans des circonstances non moins exceptionnelles. En quoi sont-elles représentatives de leurs milieux respectifs, des sentiments profonds d'un peuple traqué jusque dans ses pensées par une puissance étrangère installée sans y être invitée sur son sol ? Le drame individuel perd de son relief à côté de la tragédie d'un peuple voué à n'être lui-même qu'en exil.

« J'ai toujours trouvé quelque chose de tendrement poignant chez ceux qui, perdus, traversent la vie comme si le monde était un arrêt d'autobus – écrit Amos Oz – dans une ville étrange où ils sont descendus par erreur sans avoir la moindre idée de l'endroit où ils s'étaient fourvoyés. » Sauf que dans l'histoire contée par Xinran, les personnages sont au défi quotidien d'une nature à la démesure imprévisible, entre bienveillance et implacabilité, où l'être humain se sait d'instinct de passage. Sans paysage urbain ni arrêt d'autobus, à lui de trouver d'autres repères, de s'accommoder de ce qui est et d'être solidaire : sa survie en dépend.

D'une certaine manière, ces vies de femmes brutalement jetées face à des réalités inopinées pourraient représenter l'envers – ou l'endroit ? – de sociétés traditionnelles en proie à ce que l'on appelle le choc des civilisations. Joueraient-elles les têtes chercheuses involontaires en quête d'une meilleure compréhension entre grands voisins qui s'ignorent et se défient faute de se comprendre dans un respect mutuel ? Pour peu, on se prendrait à rêver... sans pour autant se laisser leurrer. Peut-être est-il essentiel d'avoir un idéal vers lequel tendre, car – dit le dalaï-lama – « sans idéal, on n'avance pas. Qu'on l'atteigne ou non n'a guère d'importance ».

CLAUDE B. LEVENSON

Imprimé à Barcelone par

Dépôt légal : janvier 2012